K-Story

# 서울의 핵

김덕배
소설집

청어

# 서울의 핵

김덕배 소설집

# 작가의 말

1부 중편소설 「12살 김신의 6·25전쟁」

'12살 김신의 6·25 전쟁'은 그동안 우리가 잘 알지 못했던 6·25 전쟁 3년을 서울 남쪽에서는 석 달밖에 싸우지 않아 국민 대다수가 6·25 전쟁에 대해 잘 모르고 삽니다. 그래서 안타까운 마음에 지금이라도 알리자! 하고 펜을 들었습니다.

그럼 왜 그동안은 6·25의 참상을 밝히지 않았을까? 그것은 진실을 밝히면 보안법에 걸리거나 좌익 취급받는 것이 두려워 눈을 감은 것입니다. 필자는 초등학교 때부터 문학에 관심이 많았습니다. 그래서 12살 때의 6·25 전쟁은 무서움보다 희열로 다가올 때가 많았습니다. 저의 고향 덕양구 성석동이 그 당시 전쟁 마당이었습니다. 그 전쟁 마당에서는 정말 천인공노할 일도 많았습니다. 그러나 그동안은 그것을 쓸 수 없어 생생함을 실화로 남기려고 자료를 모아 저장해 두었습니다. 그동안 생생함을 쓰고 싶었으나 보안법과 좌익이라는 굴레가 무서워 차일피일하다가 이제는 밝힐 때가 됐다고 생각해 74년 전 6·25 전쟁의 생생함을 쓰게 되었습니다.

독자들은 정말 그런 일이 있었을까? 아니야! 저놈은 좌익일 거야 하는 사람도 있겠으나, 제 나이가 그때 12살이었으니 어린이의 말을 믿는 것이 옳지 않을까요?


2부 중편소설 「서울의 핵」


'서울의 핵'은 우리가 북한 핵을 너무 느슨히 알고 있어 경종을 울리기 위해 쓴 것입니다. 즉 미국은 신이 아닙니다. 미국이 아무리 정교한 요격 미사일로 북한 핵을 막는다고 가정해도 서울에서 휴전선까지의 거리는 48km~60km입니다. 미사일은 휴전선에서 서울 시청 앞까지 20초에 도달합니다. 그래서 북한이 핵미사일을 쏜다면 아무리 미국의 정밀한 요격 미사일지라도 막지 못할 것입니다. 그렇게 생각하면 서울에 사는 저로서는 꼭 핵폭탄을 머리 위에 쓰고 사는 기분입니다. 그래서 서울의 핵을 쓰게 되었습니다.

우리는 미국의 핵 그늘을 믿고 삽니다. 그러나 그것은 너무 안이한 생각입니다. 즉 구한말 '가쓰라 태프트' 밀약으로 필리핀은 미국이 갖고 당시 조선은 일본이 갖게 되니 미국 공사관이 맨 먼저 철수한 것을 여러분도 아실 것입니다. 지금 미국이 제일 신경 쓰는 것이 북한 핵입니다. 북한 핵을 없애기 위해서는 중국과 밀약해 북폭할 나라가 미국입니다. 그렇게 되면 남북한 즉 한반도가 초토화될 것입니다.

그래서 서울의 핵 소설은 우연이 아닌 어쩔 수 없는 우리의 운명을 가름하는 글이라고 생각합니다. 즉 어느 날 미국과 중국이 북한 핵을 없애기 위해 한배를 탄다면 한국에 알리지도 않고 북폭을 할 것이 너무 뻔하기 때문입니다. 그러면 북한도 휴전선 땅 굴속에 숨겨놓은 핵을 장사정포와 같이 서울로 쏴 경기도 안은 어쩔 수 없이 황무지가 될 것입니다. 그래서 지금 우리는 현명한 판단이 필요할 때라고 생각합니다.

우리는 그동안 개성공단과 금강산 관광까지 문을 열게 했습니다. 그것이 어느 날 미국의 비위를 맞추기 위해 삐걱하더니 급기야 문을 닫게 되었습니다. 왜 우리는 미국을 위해 살까요? 미국은 어떻게든 북한 핵만 없앨 수 있다면 한국도 능히 버릴 나라입니다. 그래서 대결 구도를 만들어 북한이 조그마한 도발을 하게 해 그것을 빌미로 북폭을 하려고 혈안이 되어있습니다.

정말 우리는 깨어나야 합니다. 미국의 정책에 말려들어 북한이 오판하게 만든다면 그것은 한반도가 없어지는 것을 뜻합니다. 미국은 저희 목표 즉 북한 핵만 없앨 수 있다면 능히 중국과도 밀약해 두 나라가 우리 한반도를 능히 버릴 나라들입니다. 중국도 북한 핵을 탐탁지 않게 생각해 미국과 한배를 타 이익이 된다면 능히 미국과 한배를 타고도 남을 나라입니다. 그러니까 미국은 한국을 버리고 중국은 북한을 버릴 수도 있다는 말씀입니다. 두 나라가 남북을 버리는 날 핵으로 한반도는 없어질 것입니다.

# 차
# 례

# 12살 김신이 본 6·25 전쟁

# 국군 잡혀가던 날

해가 뉘엿뉘엿 고봉산(일산 신도시 북동 쪽에 위치한 해발 208m의 산) 너머로 지고, 하늘에는 초승달이 겁에 질려 있는 김 구장(지금의 리장)네 집을 내려다보고 있다. 그 모습이 사뭇 안쓰러운 눈매다. 밖에서는 두 마리의 개가 요란하게 짖어댄다. "저 개가 오늘따라 왜 저리 짖는 거야?"

김 구장은 겁에 질린 표정으로 자꾸 대문 쪽을 쳐다본다. 그의 앞에는 밥상이 놓여있지만, 수저를 들 생각은 하지 않고 대문 쪽을 쳐다보고 있다. 다른 가족들도 차려진 밥상을 그대로 놔둔 채 김 구장 눈치만 살피고 있다. 그때 김 구장이 침묵으로 가라앉은 공기를 깨뜨렸다.

"밥 먹자."

그리고 닷새 전에 들어온 청년을 바라보며 덧붙였다.

"자네도 먹게나."

"네."

청년과 김 구장 식구들이 밥그릇에 수저를 꽂을 즈음,

밖에서 또다시 개가 자지러지게 짖는다. 김 구장은 밥그릇에 수저를 꽂은 채 큰아들을 쳐다보며 말했다.

"준아, 나가봐라. 누가 왔나 보다."

"예."

밖으로 나갔던 준이 들어와 "아무도 없는데요?" 하고 말했다. 그 말이 끝나기도 전에 개가 또다시 요란하게 짖었다. 가족들은 수저를 든 채 밥을 먹지 못하고 불안해 서로를 쳐다보고 있다.

대문 안으로 앞에총을 하고 다섯 명의 인민군들이 들어온 것은 바로 그때였다. 인민군들은 청년 앞가슴에 총구를 들이대고 나지막하게 "손들엇!" 하고 말했다. 청년은 아무 반항하지 않고 손을 들었다. 손을 들고 있는 청년에게 제일 높아 보이는 인민군이 "일어서." 하니 청년이 주저하지 않고 일어선다.

인민군은 청년의 몸수색을 하고 아무것도 나오지 않으니 "손 내려" 하더니 "너 국방군이지?" 하고 물었다.

"아니에요. 저는 머슴살이 하다 주인집이 피난 가니 나도 따라나섰다가 너무 배가 고파 여기서 품삯 받지 않고 밥만 먹기로 하고 일하고 있었구먼요."

"그래? 그럼 손 이리 내봐!"

청년이 손을 내밀었다. 인민군은 내민 손바닥을 만져 보더니 "먹던 밥 먹어." 했다.

청년은 아무 일 없었다는 듯 먹던 밥을 꾸역꾸역 다 먹었다. 다 먹고 난 청년에게 인민군이 동무 앞장서시오 하니 청년은 인민군들이 시키는 대로 앞장서서 나갔다.

김 구장 보고도 "반동 동무도 따라오시오?" 하니 김 구장도 겁먹은 얼굴로 그들을 따라 나갔다. 청년과 김 구장이 잡혀가니 식구들은 겁에 질려 어떻게 해야 할지를 모르고 우왕좌왕했다.

셋째 아들 김신이 엄마를 보니 걱정으로 안절부절 왔다 갔다 한다. 할머니는 식구들이 그렇게 저녁을 먹다 말고 겁에 질려 있으니. "얘들아, 어서 저녁 먹자! 산 사람은 먹어야 해!" 신은 엄마를 쳐다봤다. 엄마는 "너희들 저녁 먹어 아버지는 곧 돌아오실 거야." 한다.

신은 저녁이 늦어 배가 고프던 차에 엄마가 저녁 먹으라니 후다닥 먹고, 아버지 걱정에 저녁도 먹지 못하고 서성이는 엄마와 바깥마당에서 아버지를 기다리고 있었다. 신이 엄마는 "너는 졸리지도 않니 들어가 자지." 그러니 신은 "나는 안자! 엄마가 자야 나도 잘 거야."

신이 엄마는 아들이 사랑스러워 머리를 쓰다듬으며, 그

15

래 안으로 들어가 기다리자, 모자가 그렇게 안으로 들어가 마루턱에 앉아 신은 엄마의 허벅지를 베게 삼아 누우니 새롭게 그 청년 생각이 떠오른다.

청년 때문에 아버지가 잡혀간 것 아닌가?

처음부터 수상한 사람이었다. 그러나 아버지는 알면서 숨겨준 것 같았다. 나이는 스물셋쯤 돼 보이고 머리는 빡빡 깎았다. 그리고 다리 종아리가 도시 사람같이 하얗다. 모든 것을 알았을 텐데 아버지는 아무것도 묻지 않고 일만 시키셨다. 그 청년은 국방군일 것이다.

지금은 인민군 천하니 우리는 저들이 말하는 반동이 된 것이다. 그런 생각 하니 신은 온몸이 으스스 오그라드는 것 같다. 그렇게 걱정에 휩싸여 있는데 뒷산에서는 소쩍 소쩍 소쩍새가 울어댔다. 초저녁에 소쩍새 소리를 들으면 아무 일 없던 사람도 스산하고 슬픈 느낌이 드는데 오늘은 더욱 슬프면서도 처량하게 들렸다.

한참 울던 소쩍새가 소리를 멈추고 비가 오려 나 하늘은 온통 먹구름으로 뒤덮여 캄캄한데, 샛문 쪽에서 신아, 신아! 문 열어! 문 열어! 하는 희미한 소리가 들렸다. 신이 엄마는 "아니 이게 누구 목소리야?" 하고 놀라 샛문으로 재빨리 가서 문을 여니 김 구장이다.

"아– 아니, 당신이? 어떻게 왔어요?"

"응. 그거는 다음에 얘기할게. 우선 급하니 저기 오촌 댁 방공호에 잠시 몸을 피해야 할 것 같아. 그러니 아침은 아주머니에게 살며시 가져다드려. 남이 눈치채지 못하게."

"알았어요."

김 구장은 그렇게 오촌 아저씨네 방공호로 가니 아저씨는 "아니 이 밤중에 무슨 일을 당한 거야?" 하고 물었다.

"네, 우리 집에서 일하던 사람이 국방군이었나 봐요. 그래서 초저녁에 그 사람과 잡혀 갔다가 죽으라는 법은 없는지 벽제(고양시 통일로 변의 임진왜란의 격전지) 내무지서(지금의 파출소)로 갔는데 거기 가 보니까 지서장이 나하고 서당에서 같이 공부하던 현모였어요.

그런데 밤 열두 시가 되니 내무서원들이 다 퇴근했는지 없고 지서장하고 둘만 남았는데 현모가 "김 구장! 내가 소변보고 올게." 하고 나가더니 한참이 돼도 안 오는 거예요. 그래서 퍼뜩 내가 도망가기를 바라는 것 아닌가? 하는 생각에 재빨리 도망쳐 왔어요.

아마 형식이지만 내일은 나를 잡으러 올 것 같아요. 그러니 여기 아저씨네 방공호에서 난리 끝날 때까지 숨어 있어야 하겠어요."

"소문으로는 현모가 진짜 빨갱이라는데 어떻게 도망가게 놔뒀을까?"

"그게, 전쟁 나기 한 달 전, 밤 12시를 가리키는데 개들이 요란하게 짖었어요. 그리고 조금 있으니 대문 두드리는 소리가 요란하게 났어요. 그래서 나가 누구요? 하고 물으니 다급한 목소리로 나 현모야 문 좀 열어줘! 그래서 문을 열어주니 무조건 들어와 자기를 감춰 달라는 것이었어요. 그래서 안방 벽장에 감췄는데 조금 지나니 고양군(지금의 고양시) 대한청년단장 홍기수가 나타났어요.

그는 나에게 현모 못 봤어? 하고 물어 저는 시침을 떼고 그래서 조금 전까지 우리 개들이 그렇게 요란하게 짖었나? 그때 지나간 것 같아요. 홍기수는 김 구장이 그렇다면 그런 거야. 자 빨리 저쪽으로 가자고 하고는 가 버렸어요. 내가 그렇게 둘러대고 대문을 잠그고 안방으로 들어와 현모에게 나오라고 하니, 조금 더 있다 나간다고 기다리라고 해 한참 있다 나와서 김 구장 내 이 신세는 절대 잊지 않을 거야, 그리곤 어디론가 사라졌어요."

"오촌은 그런 일이 있었어? 그래! 선한 끝은 있다고 했어. 우리 방공호에서 전쟁 끝날 때까지 숨어 있어."

"네, 아저씨, 고마워요."

고맙긴 남도 아닌데. 김 구장은 그날부터 오촌 아저씨네 방공호에서 피난 생활을 했다.

신이네는 그렇게 살얼음판 같은 나날을 보내는데 국방군이 잡혀간 지 2일이 지났는데 내무지서에서 생나무 자른 것을 조사한다며 신이 초등학교 후배 서현 아버지가 와서 소나무 잘라놓은 것을 보고 악을 썼다.

"김 구장, 어디다 감췄어! 이 반동 집구석! 국방군을 감춰주고 그것도 모자라 생나무를 마구 베어!"

서현이 아버지가 그렇게 호통을 치니 김 구장네 식구들은 안절부절못하고 있다가 그가 가고 난 다음 휴~우 하고 한숨을 내쉬었다. 전쟁이 나고부터 신이네는 하루하루를 불안하게 보냈다.

신이는 그렇게 집안이 불안하니 5일 전 보리타작하던 날이 떠오른다.

*

그날은 하늘에 구름 한 점 없이 햇볕이 쨍쨍 내리쬈다. 김 구장은 보리타작은 이런 날 한다며 보리 단을 주~욱 마당에 널어놓는다. 그리고 쌈지에서 담배를 꺼내 담뱃대에 꼭꼭 꾸겨 넣고 성냥을 켜 불을 붙이고는 뻐금뻐금 빨았다가 후 연기를 내 뿜으며 가물어서 보리타작하기는 좋은데 모내기가 늦으니 참 걱정이네 하며 보리가 바싹 마르기를 기다렸다. 신이는 엄마와 밭에 가서 감자를 캐 가지고 와 아버지를 보니 타작은 안 하고 하늘만 멀거니 쳐다보고 계시니 엄마가 "아니 타작은 안 하고 왜 하늘만 쳐다봐요?" 하고 물었다.

김 구장은 보리 짚을 만지며 "조금 더 말라야 털리지 아직 눅눅해서 털리나?" 그러면서 태연히 담뱃대만 뻐금뻐금 빠셨다.

신이는 방금 밭에서 캐온 감자를 까는데 바둑이 두 마리가 같이 놀자며 번갈아 기어올라 얼굴을 핥고 재롱을 부리니 저리 가! 하고 감자 까던 수저로 바둑이 얼굴을 한 대씩 톡톡 때렸다. 바둑이들은 신에게 한 대씩 얻어맞고 앉아서 왜 안 놀아주냐는 표정으로 신을 빤히 쳐다보고 있다.

신이는 바둑이를 쳐다보며 "그래 이 감자 까놓고 놀아줄게" 하니, 바둑이들은 알았다는 표정으로 꼬리를 홰홰 내두르며 팔짝팔짝 뛰었다. 신이는 감자를 다 까서 엄마에게 주며 "엄마, 이제 찌기만 하면 돼." 하고 말했다.

"아니 벌써 다 깠어? 기특한 우리 신이, 그래 내가 빨리 사카린 넣고 쪄 줄게.” 하며 솥을 닦았다. 솥을 다 닦은 신이 엄마는 감자를 솥에 넣고 신이 보고 불을 때라고 하니 신이는 “불은 욱에게 때라고 해!” “욱이 어디 갔는지 안 보여서 그래, 형 들어올 동안 네가 좀 때.” “알았어.” 그러니 신이 아궁이에 불을 지펴 땠다.

불볕더위에 불을 때니 온몸이 땀범벅이 된다. 신이는 감자가 익을 만치 불을 때고는 “엄마 이제 다 익은 것 같아!”

뒤꼍에서 김칫거리 다듬던 신이 엄마는 “그래? 그럼 빨리 와서 여기 차가운 물에 세수해!” 하고 두레박으로 우물물을 퍼서 세숫대야에 부으며 “더울 텐데 목물해 줄게 엎드려! 신이가 엎드리니 등짝에다가 물을 끼얹으며 시원하지! 벌써 첫 장마 질 때가 지났는데 이렇게 덥기만 하고 비가 안 오니 걱정이다.” 하신다.

신이는 목물하고 바둑이들과 밖으로 나오니 아빠가 보리타작하고 계신다. 신이는 그 타작마당 위 나무 그늘에서 바둑이들과 뛰어놀다가 ‘고봉산’ 쪽에서 구르르쿵 하는 천둥소리가 들려 쳐다보니 고봉산 봉우리에 검은 구름이 뭉게뭉게 떠 있고, 그 구름이 신이네 동네 쪽으로 오고 있다. 신이는 그 시커먼 구름을 보고 “아버지, 비 오려나 봐요!” 하고 악을 썼다.

김 구장은 신이 말에 고봉산 쪽을 쳐다보니 정말 비가 올 것 같다는 생각에 벼란 간 소낙비가 쏟아지면 큰일 날 것 같아 "신이야, 빨리 엄마 나오라고 해! 이 보리 비 맞으면 안 돼!" 하고 악을 썼다. 신이는 안으로 들어가 "엄마~ 빨리 나와서 보리 단 치우시래요."

다급한 신이의 목소리에 엄마도 부리나케 나와 세 식구가 타작하던 보리를 재빨리 한데로 모았다. 그리고 털린 보리는 대문 안 헛간에다가 들여놓고 보리 짚은 이엉으로 덮고 나니 굵은 빗방울이 뚝 뚝 떨어지더니 점점 세차게 쏟아진다. 김 구장은 우장 삿갓을 쓰고 천둥 바지기 논(장마가 져야 모내는 논)으로 나가 논두렁을 다시 손질해서 물을 가득 채웠다.

첫 장마가 져서 신이네 천둥 바지기 논에도 물이 출렁이니 우선 써레(논 고르는 기구)질을 하고 다음 날 모내기를 하게 되었다.

아침 일찍 일꾼들이 신이네 집으로 와 아침을 먹고 동네에서 북쪽으로 2km 거리에 있는 '설문리' 천둥 바지기 논으로 간다. 들에는 너도나도 늦은 모내기를 하기 위해 일꾼들로 하얀 물결을 이뤘다. 김 구장도 논에 써레질하려고 써레를 지고 소를 끌고 간다.

신이는 바둑이 두 마리와 놀며 가다가 아버지가 소 끌고 가는 것이 힘들어 보이니 내가 끌고 갈게요. 김 구장은 아들이 기특해서 "그래 네가 끌고 가라." 신이는 아버지 손에 있던 소고삐를 받아 쥐고, 이랴 하며 소 궁둥이를 고삐로 살짝 건드리니 황소가 빨리 가라는 신호로 알고 식식대며 뛰어갔다.

바둑이들은 신이가 저희 들과 가다가 소를 끌고 가니 심통이 나서 황소 앞으로 가 큰 황소 눈을 보며 캉캉 짖어댄다. 그러니 황소가 큰 눈을 더 크게 뜨고 식식 콧김을 내며 뿔로 받으려고 머리를 양옆으로 휘휘 내 젓는다. 바둑이 들은 무섭지도 않은지 이리 팔짝 저리 폴짝 뛰며 황소를 놀렸다.

길옆 풀섶에서는 찌르레기가 알을 낳아놓고, 그 옆으로 소와 사람이 지나가니 날개를 살살 떨며 자기 집에서 약간 떨어진 거리에서 울어댄다. 신이가 그것을 쳐다보고 있으니 아버지 김 구장이 저것은 자기 알을 보호하려는 본능에서 나온 행동이라고 가르쳐 주었다. 들에는 새와 꽃들로 장관을 이루고 논밭에는 일찍 나와 일하는 농부들로 하얀 물결이 일렁이는 것 같다.

김 구장 부자와 일꾼들은 천둥 바지기 논에 도착해서 김 구장은 써레질을 하고, 일꾼들은 모를 쪘다. 모를 찌면서 규석(신이 뒷집 친구) 아버지는 "모내기가 너무 늦어 지금 심어도 제대로 먹게 되려나 모르겠네?" 하며 "오늘이 며칠이야?" 하니 경태(신이 친척 동생) 아버지가

"오늘이 6월 25일 공일이에요."

그렇게 이야기를 하며 모를 다 찌고 나니 새참이 나온다. 김 구장은 일하다 말고 나가 새참 광주리를 받아 둑에 내려놓고 일꾼들을 불렀다. 자, 다들 나와서 새참 먹고 해! 그러니 일꾼들이 대강 씻고 나와 내장탕 안주에 막걸리를 한 잔씩 들이켠다. 그리고 조금 쉬었다가 모내기를 한다. 신이는 일꾼들이 모내기하는 뒤에서 모쟁이(모를 가지런히 놓는 일)를 했다.

점심때가 되니 신이 엄마와 동네 아주머니들이 광주리에 점심을 이고 온다. 그것을 보고 규석 아버지가 재빨리 나가 점심 광주리를 받아 둑 위에 놓았다.

일꾼들이 점심을 먹기 위해 논에서 나와 우선 막걸리부터 한잔 씩 들이키고 수염을 쓱 문지르며 된장 넣고 끓인 내장탕을 먹고는 "김 구장네 내장탕은 언제 먹어도 맛있단 말이야."

규석 아버지는 "그게 김 구장네 된장 맛이 좋아서 그래.

우리 집사람이 그랬어. 김 구장네 된장 맛은 고기 맛이 난다고?" 그렇게 와자지껄 점심을 먹고 났는데 북쪽 하늘에 시커먼 뭉게구름이 떠다니고 쿵쿵 천둥소리가 나니 일꾼들은 비 쏟아지기 전에 빨리 모내기를 끝내고 들어가자며 부산을 떨었다.

북쪽 하늘은 점점 더 어두워지는데 웬 사람들이 등에 보따리를 지고, 이고, 아무 말도 없이 청석골(신이네 동네) 쪽으로 간다. 처음에는 나들이 가는 사람들인가 했는데 오후 3시쯤 되니 천둥소리가 더 가깝게 들리고 더 많은 사람이 남쪽으로 간다. 그것을 본 일꾼 한 명이 일하다 말고 논에서 나가 한사람에게 물었다. "당신들은 어디서 와서 어디로 가는 것이오?"

남쪽으로 가던 사람들은 일꾼을 멍하니 쳐다보더니 "당신들은 난리 난 것도 모르시오?"

"난리가 나요?"

"아니 저 폭탄 터지는 소리 안 들려요?"

그제야 일꾼들은 "그럼 저 소리가 천둥소리가 아니고 폭탄 터지는 소리란 말이요?"

"그래요, 전쟁이 났단 말이에요. 그래서 피난 가는 거요."

신이는 피난이란 말에 아버지 피난이 무슨 뜻이에요? 하고 물었다. 신이 아버지는 "으~응, 피난이란 전쟁이 나면 죽지 않으려고 살던 집을 떠나 안전한 곳으로 가는 것을 피난 간다고 한단다." 그런데 그 천둥소리 같은 폭탄 터지는 소리가 점점 더 가까이 들리니 일꾼들은 모를 더 빨리 내고 논에서 나와 피난민들과 같이 김 구장 집으로 빠르게 왔다. 동네로 오니 초입부터 피난민들로 만원이다. 김 구장 집에도 몇 가구가 대문 칸에 진을 치고 있다.

그렇게 어수선한 가운데 그 밤이 지나고 아침이 되니 피난민들이 제각각 남쪽을 향해 떠났다. 청석골 사람들도 불안한 마음에 안절부절못하고 서성인다. 피난을 가야 하나 안 가도 되는 건가? 그런데 오후 3시쯤 되니 신이네 앞들 둑으로 군인들이 끝이 안 보이게 늘어서서 '고봉산' 쪽으로 간다. 신이는 호기심에 그들을 보려고 바둑이 두 마리와 가까이 가서 자세히 봤다.

그들은 국방군인 것 같다. 국방군들은 열 명에 하나꼴로 부상 당해 동료 군인들이 어깨를 한 쪽씩 부축해 메고 간다. 팔이 잘린 군인, 다리가 잘려 피를 흘리며 동료들에 의지해 가는 군인, 신이는 그들을 보니 너무 불쌍한 생각에 눈물을 글썽였다.

국방군들은 파란 군복에 줄로 얼기설기 망친 철모를 썼

는데, 철모에 나뭇가지를 꽂고 양쪽 가슴에는 수류탄을 하나씩 달고 군화를 신고 간다. 신이는 그때까지 정규군을 처음 보고 불쌍하다고 느꼈지만 한편 멋지다고 생각했다.

"야, 국방군 멋있다."

그렇게 후퇴하는 국군을 보다가 집으로 오니 집안 분위기가 어수선하다. 빨리 백마 이모네로 피난을 가에 된다는 것이다.

# 피난

신이네도 피난 가기 위해 짐을 싸서 식구들이 각자 짊어지고 집을 나서서 피난민들과 뒤섞여 백마 이모네로 간다. 한 시간이나 걸려 이모네 집에 도착해 안으로 들어가니 집 안이 텅 비었다. 이모네도 피난을 간 것 같다.

신이네는 할 수 없이 그 밤을 이모네서 자기로 하고 짐을 풀었다. 짐을 풀고 저녁을 먹고 자려는데 멀리 들려야 할 대포 소리 기관총 소리가 더 가깝게 들린다.

김 구장은 그 소리에 걱정이 돼 뒷동산으로 올라갔다. 신이도 궁금해 뒤따라 올라가 청석골 쪽을 쳐다보니 대포 소리, 기관총 소리가 가까운 봉일천(벽제 지나 일등도로변에 위치) 쪽에서 들리는 것 같다.

꽝꽝, 따르륵 따르륵, 딱콩 딱콩 그렇게 콩 볶는 소리가 들리고, 그 소리 나는 북쪽 하늘은 불꽃으로 장관을 이루었다.

가느다란 불꽃, 굵은 불꽃이 뒤섞여 온 천지가 불꽃으로 뒤덮였다. 신이는 그것을 보고 무서운 것보다 '야~ 아, 전쟁 너무 재미있다.' 국방군의 늠름한 모습 또 이 밤중에 저기가 봉일천 같은데 국방군과 인민군이 치열하게 싸우는 것 아닌가?

'전쟁은 무섭기도 하지만 재밌다.'

'봉일천'에서는 지금 서로 죽이는 전쟁을 하겠지? 그런 생각을 하는데 아버지가 "이제 들어가 자자!" 신이는 못내 아쉽다. 속으로 조금 더 보고 싶은데 그러나 아버지가 들어가자고 하니 형들과 같이 들어와 잤다. 아침이 되어 일찍 아버지를 따라 밖으로 나가보니 사람들이 도로 북쪽으로 간다.

신이 아버지 김 구장은 의아해서 "아니 당신들은 왜 북쪽으로 가시오?" 하고 물으니 피난민들은 "아니 인민군이 벌써 서울을 점령했다는데 피난을 가면 어디로 가겠소? 그래서 도로 집으로 가는 거요."

그 말을 들은 신이네도 아침을 먹고 이모네 집을 떠나 도로 청석골로 간다. 어제저녁까지 남으로, 남으로, 밀려가던 피난민들이 하루를 지나 오히려 북으로 가느라 둑이 하얗다. 요란하던 대포 소리, 기관총 소리도 안 들리고 언제 그랬냐는 듯 사방이 조용하다.

피난민들은 그렇게 하얀 물결을 이루어 지나가면서도 앞으로 이 전쟁이 어떻게 될까 하는 걱정에 얼굴들이 어두워 보인다. 그런 표정들을 하고 가니 그 많은 사람이 지나가도 발자국 소리 이외에는 아무 소리도 안 들린다.

신이네도 그 피난민들 틈에 섞여 집으로 오니 동네 사람들이 먼저 와 있다. 그들은 신이네 바깥마당 가의 큰 은행나무 밑에서 이 전쟁이 앞으로 어떻게 될 것인가에 대해 의견교환을 하고 있다.

뒷집의 규석 아버지는 국방군이 "그렇게 힘이 없나?" 그러니 옆에 있던 경태 아버지가 "그래도 저 인민군은 얼마 못 가 질 거예요."

"지다니? 그런데 왜 어제는 그렇게 힘 한번 못 쓰고 후퇴를 해?"

"그거야 북한군이 기습공격을 해 국방군이 밀렸을 거예요."

그러나 규석 아버지는 이해가 안 간다. 기습을 당해도 어떻게 사흘 만에 서울을 내준단 말인가?

김 구장은 그들의 말을 듣고 있다가 "이제 전쟁 이야기는 그만하고 일들이나 해. 전쟁이 나건, 안 나건, 산 사람은 먹어야 살아." 하며 안으로 들어갔다

신이는 은행나무 밑에서 바둑이들과 놀다가 바둑이 들이 앞뜰을 보고 경계를 하며 우~ 웅 짖으려 하니 왜 그래 하면서 앞둑을 쳐다보니 거기에는 어제와 다른 군인들이 줄지어 고봉산 쪽으로 간다.

신이는 호기심에 바둑이들과 둑으로 가 그 군인들을 자세히 보니 그들은 어제 군인하고 판이하게 다르다. 어제 군인들은 철모에 수류탄에 근사했는데, 이들은 철모도 안 쓰고 군복도 파란 잔디색 군복이 아닌 누런 군복에다가 모자는 헝겊으로 만든 것을 썼다.

그래도 모자와 윗옷에 줄로 얼기설기 엮은 데다가 나뭇가지를 꽂고 간다. 그것이 근사해 보이질 않고 우습게 보였다. 신발도 구두가 아닌 농구화를 신었다.

그런데 그중에는 근사한 옷을 입고 어깨에는 반짝이는 작은 별이 빛나는 견장 단 군인도 가끔 보였다. 그들은 제법 근사하다. 신이는 바둑이들이 마구 짖어대니 "그만 짖어!" 하고 악을 썼다.

그래도 짖으니 지나가던 군인이 바둑이를 쳐다보며 "너 나중에 보제이. 내레 이 동네 또 오면 꼭 된장 바르갔어" 하며 지나갔다.

신이는 그 말을 들으니 섬뜩한 생각에 바둑이들과 재빨

리 집으로 왔다. 집에 오니 바깥마당 은행나무 밑에서 사람들이 건너편 둑으로 가는 군인들을 쳐다보며 저 군인들은 인민군 같은데 그렇다면 어제 간 국방군들이 행주 나루를 건넜을까? 건넜어야 저들에게 죽지 않을 텐데 그러면서 걱정들을 하고 있었다.

신이는 그제야 저 군인들은 인민군이었구나. 그렇게 생각했다. 그들은 부상병도 별로 없고 그냥 묵묵히 걷기만 했다. 어제는 국군이 후퇴했고 오늘은 인민군이 그 뒤를 따라 행주산성 쪽으로 갔다.

신이는 전쟁이 났으니 학교 갈 생각은 하지 않고 공부와 동떨어진 전쟁 한 가운데서 전쟁을 재미난 놀이로 생각하고 지낸다. 새로운 것을 보게 되니 그래 전쟁은 재미있는 거야! 그런 생각을 하고 있는데 공중에서 별안간 굉음이 울려 쳐다보니 그림으로만 보던 비행기가 북쪽에서 남쪽으로 쌩 소리를 내며 지나간다. 비행기가 저공으로 날아가니 순간적으로 지나간 것 같아, 야, 그거 한 번 더 지나갔으면 좋겠다. 그렇게 아쉽게 생각했다.


다음날은 아버지의 성화로 들로 나갔다. 감자 캐기가 늦어 더 지체하면 썩으니 오늘 캐야 한다며 식구들을 다 동원해 감자 캐기를 재촉했다. 아버지 성화에 신이네 식구들은 부지런히 감자를 캐니 저녁때가 되어 거의 다 캔 것 같다.

김 구장은 캔 감자를 가마니에 넣어 지게에 얹고 지려는데 왼 건장한 청년이 감자밭으로 오더니 "어르신 제가 힘껏 도울 테니 일주일 동안만 일을 하게 해 주십시오." 김 구장은 그 청년을 찬찬히 보고는. "농사일은 해 보셨소?" 하고 물었다.

"예, 저 농사일 잘합니다."

김 구장은 그의 말에 "그럼 내일부터 일해요. 잘하지 못하면 도로 보낼 거야." 청년은 "알았습니다. 열심히 하겠습니다."

그 청년은 고맙다고 인사를 깍듯이 하고 지게에 얹어놓은 감자를 지고, 김 구장네 식구들과 집으로 와서 씻고 저녁 밥상을 받았다. 신이네 식구들은 처음 보는 사람이 감자를 지고 와서 밥을 먹으니 그를 힐금힐금 쳐다본다. 머리는 빡빡 깎았고 또 씻을 때 보니 다리 종아리가 하얀 것이 농사짓던 사람이 아닌 것 같다.

그는 저녁밥을 먹고는 "어르신 고맙습니다." 김 구장은 "응, 이제 저 사랑방에 가서 쉬게." 청년은 "고맙습니다." 하고는 사랑채로 갔다.

김 구장은 '저 사람이 국군 패잔병 같은데 우리 집으로 오려고 한 것을 보면 누가 우리 인품에 대해서 알려줘서 온 것 아닐까? 그런데 만약 내가 모르는 척한다면 저 사람은 다른 집으로 가게 되고 그렇게 되면 위험해질 텐데?' 그래서 알면서 모르는 척 일을 시킨 것이다.

그는 김 구장을 따라 아침 일찍 들로 나가 일을 하고 저녁 해가 넘어갈 때쯤 집으로 돌아왔다. 남의 눈에 띄지 않게 아침에는 일찍 나가고 저녁에는 해가 넘어가야 집으로 들어왔다. 그런데 십일만에 잡혀갔다. 신이는 그 일꾼이 어떻게 됐을까 궁금하다. 신이네는 그런 일이 있고 나서 매일매일을 살얼음판을 걷는 기분으로 산다.

\*

전쟁 난 지 20일 지나니 초등학교에서 다시 등교하라는 통지가 왔다. 신이 형제들은 등교 통지서를 받고 20일 만에 학교 가니 변한 게 한두 가지가 아니다.

첫째가 신이 반의 정수인 아버지 교감 선생님이 벽제면에서 두 번째 높은 공산 당원이었다는 것이다. 그리고 신이

와 풋사랑을 나누던 경희는 등교하지 않았다.

신이는 '경희가 왜 안 보일까?' 궁금하지만 소문으로 경희 아버지가 좌익이었다니 누구에게 물어볼 수도 없다.

등교해서 조회 시간 모두 운동장에 정열 했는데, 체육 선생님이 교감 선생님 훈화가 있겠습니다. 그러고 나니 교감인 수인이 아버지가 연설대에 올라서더니 체육 선생님이 교감 선생님께 경례! 그러니 모두 경례를 한다. 교감 선생님은 "편히 쉬어!" 하더니 연설을 한다.

"여러분, 오늘부터 여러분을 동무라고 부르겠습니다. 동무들은 지난 6월 25일 김일성 장군님과 스탈린 동무가 해방전쟁을 일으켜 이제야 해방된 조국에서 공부하게 되었습니다.

우리 인민공화국에서는 누구나 열심히 공부하면 서울에 있는 중고등학교는 물론이고 대학도 학비 안 내고 다닐 수 있습니다. 이것이 우리의 영도자인 김일성 장군님과 스탈린 동무의 공산 혁명에 의해 무상으로 공부하게 된 것입니다.

그리고 부자 가난한 사람 구분 없이 똑같이 먹고 똑같이 사는 세상이 될 것입니다. 그러니 우리 청석국민학교 여러분도 더 열심히 공부하기 바랍니다.

우리 남조선은 지난 5년 동안 말로만 해방된 나라였습

니다. 어찌 해방된 나라가 그 친일파를 척결하지 못하고 오히려 친일파들이 일제 36년보다도 더 많은 권력 행사를 합니까?

어떻게 그들이 삼권을 장악하고 저들을 처단하려던 독립운동 한 애국자들을 잡아다가 고문하고 죽입니까?

우리는 그동안 그들이 시키는 대로 교육을 받았습니다. 그들이 주장하는 것은 오직 반공만이 자유대한을 지키는 길이다. 자유를 지키려면 뭉쳐야 한다. 뭉친 것이 친일파가 도로 정권을 잡은 것이었습니다.

그래서 우리의 위대한 영도자 김일성 장군님은 남조선을 저대로 놔둘 수 없다 저대로 놔두면 남조선의 독립운동 하던 애국자들은 다 죽을 것이다. 그렇게 생각해서서 해방전쟁을 일으켰습니다.

그래서 이 한반도는 통일이 될 것이고, 그 후에는 친일파들을 척결하게 될 것입니다.

그렇게 애국자가 활개 펴는 새 나라가 탄생할 것입니다. 그래서 우리가 먼저 인민공화국 기를 앞세우고 새 나라 국가를 힘차게 불러야 합니다. 담임선생님들은 교실로 들어가면 첫 시간부터 인민공화국 국가를 가르치십시오."

그리고 나더니 체육 선생님이 연설대로 올라가시더니 매

일 하든 국민체조는 안 하고 각반 앞으로 하니 1학년부터 6학년이 교실로 들어갔다.

신이도 교실로 들어가 앉으니 담임선생님이 들어오신다. 반장은 담임선생님께 경례하고 앉으니, "너희들은 오늘부터 교감 선생님 말씀대로 인민공화국 국가를 배워야 한다. 그래서 이 시간에는 조선민주주의 인민공화국 국가를 가르치겠다. 알겠나? 그럼 내가 선창한다. 내가 한 소절씩 선창하면 따라 부르도록."

아침은 빛나라 이 강산은
은금의 자원도 가득한
삼천리 아름다운 내 조국
반만년 오랜 역사에
찬란한 문화로 자라난
슬기론 인민의 이 영광

하고 북한 애국가를 가르쳤다. 그날은 오전 수업만 하였다.

신이는 수업이 끝나 동네 아이들과 집으로 오는데 산모퉁이에서 돌이 날아와 쳐다보니 인민군에게 잡혀갔던 국군

아저씨다. 아저씨는 나무 뒤에 숨어서 신이에게 손짓했다. 신이는 동네 아이들하고 가다가 소변보는 척하고는 재빨리 아저씨에게 다가가니 아저씨는 "신이야, 아버지는 어떻게 되셨니?"

"아버지요?"

"그래."

아버지는 그날 밤으로 도망쳐 오셔서 친척 집에 숨어 계세요. "오- 오, 그래. 무사하시다니 다행이다. 나는 어떻게 하던 남쪽으로 내려갈 것이다. 아버지께는 그동안 고마웠다고 말씀드려라. 이 전쟁은 얼마 가지 않아 우리가 이길 것이다. 알겠지?"

"네, 아저씨 안녕히 가세요."

신이는 집으로 와 엄마에게 "엄마 나 며칠 전에 잡혀간 그 아저씨 봤어."

"뭐 누구를 봐?"

"인민군에게 잡혀간 아저씨! 그 아저씨가 자기는 어떻게든지 남쪽으로 내려갈 테니 아버지 보고 염려하지 말고 편히 지내시라고 했어."

신이 엄마는 "참 다행이다. 전쟁이 빨리 끝나야 할 텐데…" 신이네는 그 여름을 그렇게 보냈다.

들에는 할 일이 많은데 김 구장은 방공호에서 나오지 못하니 신이 엄마가 힘들게 농사일을 하며 그해 여름을 보냈다.

신이는 "엄마 힘들지?" "그래! 그래도 가을이 가까워지니 아침저녁으로 선선해서 괜찮다." 유난히 무덥던 그해 여름도 지나고 가을의 문턱인 구월 말로 접어들었다.

그런 어느 날 아침 윗마을 문봉(신이 사는 윗동네)에서 총소리가 요란하게 들렸다. 동네 사람들은 의아해서 신이네 은행나무 밑으로 모여 윗마을을 쳐다봤다.

윗마을에서는 어른과 아이 모두가 신이 동네 앞동산으로 총알을 피해 뛰어 올라가니 온 산이 하얗다.

뒤에서는 인민군이 총을 쏴대고 마을 사람들은 걸음아 날 살려라! 산 정상으로 치달았다. 그렇게 십 분이 지난 것 같은데 그 마을 사람들이 청석골로 잠입해 들어오니 동네 사람들이 그들을 숨겨주고 아침밥을 먹였다.

문봉은 안씨 집성촌이다. 문봉 사람들은 시골 사람과 다르게 거친 사람이 많았다. 문봉 청년들은 구월 말이 되어 유엔군이 곧 서울을 탈환한다는 소문을 들었는데, 마침 인민군 두 명이 지나가니 청년들이 슬슬 옆으로 다가가 다짜고짜 몽둥이질을 해 총을 뺏고 방공호에 처넣었다.

그리고 입구를 큰 돌로 막아 놓고 집에 가서 잔 사이 그들이 바닥에 있든 돌로 밤새도록 입구에 막아 놓은 큰 돌 옆을 파고 나와 벽제 내무지서(남한의 경찰 지구대)에 연락했다는 것이다.

그러니 후퇴하던 인민군 일개 소대가 들이닥쳐 마을 사람들에게 무차별 총격을 가한 것이다. 그런데 그 많은 사람이 하나도 죽거나 부상 당하지 않고 고스란히 살아남았다. 사람들은 총알이 사람을 피해갔다고 하였다. 그리고 2일 만에 수복이 되었다.

신이는 관산리 쪽에서 탱크 소리가 요란하니 호기심에 동네 아이들과 구경 갔다. 신의주 가는 일등도로로 가 보니 유엔군 탱크가 끝도 없이 북으로 가고 수많은 비행기가 북으로 갔다.

이제 통일이 될 날도 멀지 않았다는 소문이 퍼졌다. 그렇게 11월 초가 되었다. 수복되어 다시 학교에 가니 담임선생님이 유엔군이 북진해서 서부전선은 11월 초에 압록강까지 가고 동부전선은 흥남으로 해서 장진호 깊숙이 들어갔다고 알려주었다.

그렇게 통일을 기다리는데 이상한 소문이 들리기 시작했다. 중공군이 참전했다는 것이다. 그동안 조금만 기다리면 통일이 된다며 좋아했는데, 중공군이 참전했다니 동네에는 흉흉한 소문이 퍼지기 시작했다. 중공군의 기습작전으로 유엔군이 많은 사상자를 내고 후퇴해서 흥남에서 철수한다는 것이다.

그러니 동네 사람들은 불안에 전전긍긍이었다. 그것은 중공군이 치마만 둘렀으면 늙고 젊고를 가리지 않고 여자들을 잡아간다는 것 때문이었다. 그런 소문 때문에 청석골 사람들도 한집 두집 피난을 가기 시작했다. 그러나 김 구장네는 식구가 많아 죽어도 여기서 죽는다고 피난을 가지 않기로 했으나 마음이 편하지 않아 하루하루를 걱정으로 보냈다.

김 구장네를 비롯해 남은 동네 사람들은 불안에 떨며 중공군의 행패가 이만저만이 아니라는데 피난을 안 갔으니, 우리가 잘못 생각한 것 아닌가 해서 걱정을 하고 있었다.

김 구장은 특히 딸 때문에 걱정이 태산 같았다. 18세 꽃띠 나이라 얼굴이 함박꽃같이 피어 누구든 얼굴을 보면 침을 꼴깍 삼킬 정도로 탐스럽고 예뻤다.

그러니 중공군이 그냥 두겠는가? 생각이 거기에 미치자 김 구장은 신이 엄마 삼층장을 사람 하나 들어갈 만큼 앞으로 당겨놓고 입구에는 고구마가 담긴 큰 독을 놓았다.

급하면 고구마 독을 닫고 넘어가 장 뒤에 숨게 하려는 것이다. 누구든 밤중에 내문을 두드리면 딸을 장 뒤에 숨기고 대문을 열어주면 괜찮을 것이라는 생각에서였다.

# 중공군

김 구장은 그렇게 해 놓고도 마음이 안 놓여 불안한 나날을 보냈다. 1950년도 다 지나 12월 초가 되었다. 그날은 아침부터 눈이 펑펑 쏟아졌다. 눈이 많이 와 소복이 쌓이고 기온이 내려갔는데 바람까지 쌩쌩 불어 날씨가 춥고 사나웠다.

김 구장은 불안해서 일찍 자지 못하고 곰방대에 불을 부처 뻐금뻐금 빨다가 화로에 재를 털며 생각에 잠겼다. 정말 피난 안가도 중공군 점령지에서 수난을 당하지 않을까? 걱정되어 안절부절 마음을 놓지 못하고 있는데, 마루 밑 바둑이 두 마리가 우~웅 소리를 내며 뭔가 겁먹은 소리를 낸다.

집 근처에 사람이 나타나면 악착같이 짖던 개가 왜 저렇게 겁먹은 소리로 우~웅 소리만 낼까? 저 개들이 왜 저럴까? 하고 있는데 그때 울타리 옆 오솔길에서 사람 음성이 들렸다. 뭐라고 지껄이며 지나가는데 그 말소리가 처음 듣는 말소리다.

그 소리에 신이 아버지 엄마는 온몸이 굳어오는 것 같았다. 정말 저들이 행패를 안 부릴까? 그렇게 걱정하고 있는데 울타리 옆 소로 길에서는 점심때부터 쏟아진 눈이 다져져서 사람들이 지나가니 빠각, 빠각 소리를 냈다.

신이 아빠와 엄마는 잠을 못 이루고 거의 뜬 눈으로 그 밤을 지새웠다. 자는 둥 마는 둥 잠을 설치고 창문이 훤해지니, 김 구장이 일어나 바지저고리를 입는데 그때 누가 대문을 두드렸다.

김 구장은 가슴이 철렁 내려앉았다. 두려움에 어쩔 줄을 모르고 우왕좌왕했다. 식구들도 막 잠에서 깨 대문 두드리는 소리에 중공군이 온 것 아닌가? 해서 놀라 서로 얼굴만 쳐다보았다.

큰일이 벌어질 것 같은 예감에 신이 형제들도 겁먹고 옷도 못 입고 이불속에서 바들바들 떨었다. 그런데 재차 문을 두드리더니 "아무도 없소? 하고 한국말로 대문 좀 열어보세요."하는 말소리가 들렸다. 김 구장은 한국말 소리에 이게 어떻게 된 거야? 그래 죽기 아니면 살기다. 생각하고 먼저 딸을 재빨리 장 뒤에 숨겼다. 딸은 장 뒤에서 숨을 죽이고 바들바들 떨고 있다.

딸을 숨긴 김 구장은 방문을 열고 나가 대문 앞에서 어험 헛기침을 하고 "누구시오?" 하고 물었다. 그러니 한국말로 "어르신 멍석 좀 빌리려왔습니다. 우리 중화인민공화국군은 절대 인민을 해치지 않습니다. 안심하고 문을 열어주십시오."

한국말 소리에 김 구장은 "알았어요." 하며 대문을 열었다. 대문이 삑 소리를 내며 열리니 앞에 군인 세 명이 서 있다. 신이도 아버지를 따라 나와 옆에서 호기심 어린 눈으로 어떤 일이 벌어질까? 호기심에 그들을 쳐다보고 있다.

그런데 그들은 평범한 군인들 같았다. 언뜻 보아도 첫인상이 선해 보였다. 누비 군복에 털모자를 쓰고 한국인 통역과 같이 와서 뭐라고 하니 한국인 통역이 말했다.

"어르신, 멍석을 빌리는데 돈을 드릴 테니 빌려달라는 것입니다."

김 구장은 두려움에 벌벌 떨다가 그들이 생각보다 부드럽게 나오니 안도의 한숨을 쉬고 "빌려드려야지요. 저기 열 잎쯤 있으니 가져가세요."

한국인 통역은 중공군에게 뭐라고 하니 중공군이 고맙다고 하는 것 같다. 그리고 멍석 열 잎을 가지고 가며 빨간 돈을 주었다. 통역은 어르신 이 돈을 지금은 쓸 수 없지만 앞으로 꼭 쓰게 될 것입니다. 절대 버리지 마십시오. 김 구장은 알았습니다. 하고 그 돈을 받았다. 그 광경을 본 식구들도 마음을 놓았다. 예상한 것보다 딱딱하지 않고 부드럽다고 느꼈기 때문이다.

신이는 아침을 먹고 멍석을 가져다 어디에 썼을까 궁금해 큰댁으로 가니 중공군이 큰댁 뒷동산에서 내려와 뒷동산을 가 보니 밤중에 방공호를 크게 파고 거기다 자기 집에서 가져간 멍석을 깔고 옆의 흙벽에 부쳐 놓았다. 그것을 보고 신이는 중공군이 그 밤중에 어떻게 저런 방공호를 팠을까 대단하다고 느꼈다. 그 짧은 밤에 저렇게 큰 방공호를 어떻게 팠단 말인가?

그날 아침은 아침부터 미군 비행기가 동네 상공을 요란하게 떠다녔다. 중공군은 항상 목에 하얀 치마를 걸치고 다니다 비행기 소리가 나면 치마를 폭 뒤집어쓰고 눈밭에 착 엎드려 비행기가 지나갈 때까지 꼼짝하지 않고 있다가 비행기 소리가 멀어지면 일어나 다녔다.

신이는 호기심에 아침만 먹으면 중공군이 득실거리는 큰댁으로 가 중공군 구경을 한다. 중공군은 신이가 자기들 가까이 가서 총을 만져도 가만히 놔둔다. 신이 그렇게 총이며 다른 것을 만져봐도 그대로 보고만 있다. 신이는 신기한 생각에 점심 먹는 것까지 보았다. 그들은 점심을 오후 2시경 먹었다.

헛간에 짚을 깔고 빙 둘러앉아 함지박에 담긴 밥을 식기에 담아 실컷 먹는 것 같았다. 반찬은 잡탕 국에 김치 한 가지다. 잡탕 국은 말 그대로 생선, 닭고기, 돼지고기, 쇠고기까지 들어간 국이다. 그렇게 먹고 봉지 담배를 꺼내 손으로 마라서 피웠다. 신이는 10일쯤 지나 아침밥을 먹고 큰 마당에서 노는데 초등학교 교감이었던 정인수 아버지가 나타났다. 그는 얘야, 아버지 계시냐 하고 물었다.

신이는 어리둥절한 표정으로 아버지 안 계세요. 하고 대답했다. 인수 아버지는 그럼 내가 찾아왔었다고 말씀드려라. 신이는 예하고 대답하고 인수는 잘 있어요. 하고 물으니 그는 "네가 우리 인수하고 한 반이었냐?" 하고 물었다. "예, 한 반이었어요." "그러냐? 우리 인수는 북에서 학교 잘 다니고 있다." 신이는 그냥 물은 것이다. 그는 공산당이 좋아서 북으로 갔다가 중공군과 같이 내려온 빨갱이다. 그래서 신이는 아버지가 없다고 한 것이다.

오늘은 중공군들이 사격 연습을 한다고 아침부터 부산을 떨었다. 마을 맨 아랫집 마당에 총을 아무렇게나 쌓아놓고 개울 건너 경태네 밭 위에 짚으로 이승만 대통령 허수아비를 만들어 놓고 사격 연습을 하는데, 총알이 거의 다른 곳에 떨어졌다.

그들은 사격 연습을 하는데 질서 없이 뒤죽박죽으로 아무나 쏘고 싶은 군인만 쏘는 것 같았다. 그러니 마을 사람이 통역에게 물었다. "아니, 어떻게 모두가 쏘지 않고 쏘는 사람만 계속 쏴요?" 그러자 통역은 중공군은 3분의 1이 총을 못 쏜다는 것이다.

신이는 통역의 말에 어떻게 군인이 총을 못 쏜단 말인가? 신이는 저런 중공군이 유엔군과 싸우다니? 도저히 이해할 수가 없다. 어떻게 군인이 총을 못 쏜단 말인가? 그런 군인에 밀려 후퇴한 유엔군은 또 뭐란 말인가?

그런데 건빵은 찹쌀로 반죽해 만들었다. 검은 모래에 볶아 전대에 담아 전선으로 가는 중공군에게 두 줄씩 주었다. 찹쌀 건빵을 검은 모래에 익힐 때는 맛있는 냄새가 진동하니 동네 아이들이 화덕 옆에서 침을 꼴깍 삼키며 쳐다보니, 중공군은 측은했던지 한 아이에 세 알씩 주었다. 애들은 그것 얻어먹는 재미에 매일 건빵 굽는 화덕 옆을 떠나지 못했다.

그들은 아이들에게 친절한 편이었다. 그렇게 51년 봄이 되니 전쟁터로 갔던 중공군이 흙투성이가 되어 돌아오는 날이 잦아졌다. 그리고 표정이 어두워 보였다.

그러던 어느 날, 신이 누나 초등학교 친구 바위 누나가 놀러 왔다. 신이 누나는 신이와 같이 있다가 바위 누나가 오니 반갑게 맞았다. 바위 누나는 별명이 '딱고 백이'다. 어려서 코를 질질 흘려 붙여진 별명이라는 것이다.

하지만 18살이 되니 함박꽃같이 환하게 피었다. 신이 누나와 바위 누나는 둘만 있으니 젊은 중공군 이야기를 했다. '딱고 백이'는 자기네 집에 있는 중공군 소대장 이야기를 했다.

"글쎄 어느 날 우리 식구들이 들에 나간 사이 내가 큰맘 먹고 추파를 던졌지 않니?" "그랬더니?" "그랬더니는? 그가 미동도 하지 않는 거야." 신이 누나는 너무 궁금해서 "그래서?" 하고 호기심에 찬 표정으로 재차 물었다.

'딱고 백이'는 "그래서는 내가 누구냐? 나는 맘에 들었다 하면 돌진하는 형이지 않니? 그 중공군 너는 못 봐서 모를 거다. 한마디로 미남 중에 꽃미남이야. 중공군 장교는 하나같이 미남인 거 너도 알지?"

"나도 이야기는 들었어."

"그런데 그 애들 보통 미남이 아니야. 한마디로 짱이야! 어떻게 그렇게 장교들 모두가 미남인지 이상하게 생각할 때도 있어."

"그건 무슨 말이야?"

"그것이 우리 아버지 말로 중공군은 심리전에 능하다는 거야."

"심리전? 그게 무슨 뜻이야?"

그러니까 자기들 장교는 다 미남이다. 즉. 다 똑똑한 장교들이니 너희 무기가 아무리 좋아도 치고 빠지는 게릴라전에는 자기들이 유리하다는 뜻이라는 것이다. 신이 누나는 "그래서 유엔군이 수류탄만 가진 중공군에게 밀려 서울을 내준 것인가?"

"야, 그런 시시한 이야기 그만하고 네 이야기나 해봐."

바위 누나는 "야, 우리 집에도 소대가 사랑채에 들어와 있지 않니? 그런데 소대장 소위는 내가 너무너무 좋아하게 생긴 거 있지? 그래서 우리 식구들 없는 사이 그가 사무실에서 나오니 내가 재빨리 다가가 그의 손을 내 엉덩이에 댔다."

신이 누나는 눈동자가 동그래져서 "그래서?" 하고 또 호기심에 차 침을 꼴깍 삼키고 물었다. 그리고는 자기 표정이 이상했다고 느껴 "신이야, 너는 나가봐!" 하는 바람에 신이는 누나 방에서 나오고 말았다.

52

'딱고 백이'는 "네 동생 들으면 어떠니?" "너무 어린애가 그런 것 알면 안 좋지?" "뭐가 안 좋아. 네 동생도 다 알아." "뭘 아니?" "야! 남자애들 12살이면 부랄 다 여무는 거야."

"야! 내 동생 이야기는 그만하고 그 중공군 이야기나 해." "너도 궁금하지?" "그래, 궁금하다. 그런데 그 중공군 놈이 내 손을 획 뿌리치고 나가버리는 거야. 나는 그놈은 고자라고 생각했다. 그렇지 않고 어떻게 내 손을 뿌리치니?"

그 후 '딱고 백이'가 중공군 장교와 연애한다는 소문이 났지만 그것은 거짓말이었다.

오늘도 신이는 아침을 먹고 찹쌀 건빵을 얻어먹으려고 큰댁으로 내려갔다. 그런데 집이 텅 비었다. 웬일일까 해서 집 안으로 들어가니 아무도 없다. 신이는 이게 어떻게 된 것인가 해서 집으로 와 아버지한테 큰집에 중공군이 하나도 없다고 말했다.

김 구장은 중공군이 한밤중에 주민들 모르게 후퇴를 한 것 같다. 그러니 우선 멍석부터 져 와야 한다며 지게를 지고 큰댁 방공호로 가 멍석을 걷어서 지고 집으로 왔다. 중공군이 후퇴하고 나니 미군 비행기들이 매일 북쪽으로 가 폭격을 해댔다.

전쟁은 중공군과 미군이 하는 것이다. 서부전선은 1951년 봄과 여름이 지나고 겨울이 되니 유엔군이 또 밀려 수색까지 후퇴했다.

*

그해 겨울에는 중공군이 다른 곳에 진을 쳤나 보이질 않고, 신이네 집에는 인민군 중대본부가 들어섰다. 그 중대는 중대장 대위에 소대장 또 특무장과 서무 위생병으로 구성돼 있었다. 그들은 민폐를 전혀 끼치지 않았다. 어느 날은 쌀 한 말은 내놓고 엿을 과 달라고 하였다. 신이 엄마는 그들에게 엿을 과 주니 딱 반을 내놓는 것이다. 신이 엄마는 아니 우리 다 주고 뭘 먹으려고 그러느냐고 하니 저희는 반만 가져도 실컷 먹는다는 것이다.

그들 중 서무와 위생병은 저녁을 먹고 나면 신이네 바깥마당 가장자리에 있는 큰 은행나무 밑에서 멀거니 서울 쪽을 바라보았다. 그래서 하루는 신이 엄마가 서무에게 물었다. "이런 것을 물어도 되나 모르겠네, 고향이 어디유?" "서무는 저의 고향은 서울입니다."

신이 엄마는 그런데 어쩌다가 하다가 말문을 닫았다. 서무는 눈치로 알고 "궁금하시지요?" 그리고는 한참을 생각에 잠기더니 말문을 열었다.

"아주머니 내가 인민군이 된 것이 이상하시지요? 그것을 이야기하자면 아주 깁니다. 그러나 궁금하실까 봐 대강 알려 드릴게요.

우리 큰형은 한일합방 전 선비셨습니다. 그런데 맨 꼭대기 벼슬아치들이 나라를 팔아먹으니 자기라도 나라를 찾겠다고 만주로 가 게릴라전으로 일본군을 괴롭혔다고 합니다. 그때 독립군 토벌대장이었든 일본군 특설 대장이 지금 서부전선 ○○사단장 백○○입니다.

독립군은 그 백○○ 때문에 많은 고초를 겪었다고 합니다. 그러다가 마침내 미국이 핵폭탄을 떨어뜨려 일본이 무조건 항복했습니다. 형은 너무 좋아 집에 와서 덩실덩실 춤을 추었습니다. 그리고 친미파가 되었습니다.

왜 친미파가 되었을까요? 형은 미국이 정의의 나라일 것이라고 믿고 그동안 독립운동한 사람들을 채용해 나라를 다스릴 것이라고 생각했다는 것입니다.

그래서 군사영어학교에도 입학하였다는 것입니다. 그런데 입학해 보니 독립운동한 군인은 이○○장군 뿐이고 거의

가 친일파 군인들이었다는 것입니다. 거기서 자기는 이단아 취급을 받았다는 것입니다.

그 학교는 일본 군관학교나 다름이 없었답니다. 그래서 그곳을 그만두고 매일 서울 시내를 돌며 친일파 타도를 외쳤다고 합니다. 그런데 이승만이 대통령이 되고, 국회에서는 반민특위 법을 통과시켜 친일파들을 잡아들이기 시작했다는 것입니다.

그런데 어느 날 이승만은 대통령령으로 반민특위를 해산시켰다는 것입니다. 그러니 친일파들이 그동안 눈에 가시였든 형에게 소매치기를 시켜 호주머니에 불온 쪽지를 넣게 하고 검문을 해 너는 좌익 빨갱이라고 잡아 사상 전환을 해야 용서한다며 고문을 해 그 진티로 죽고 말았습니다. 저는 그 형을 너무 좋아했습니다.

정의감이 넘치는 사람이었으니까요. 그렇게 형이 좌익으로 죽으니 우리 집안은 당연히 연좌제에 걸려 꼼짝하지 못하는 신세가 되었습니다. 저는 그런 미국을 보고 치를 떨었습니다.

어찌 정의 세력인 독립군 장교들을 놔두고 친일파 군인을 저희 수족으로 쓴단 말인가? 그리고 5년이 지나 6·25가 낫습니다. 그래서 형의 한을 풀어 들이기 위해 인민군이 된 것입니다.”

신이 엄마는 그의 이야기를 듣고 측은한 생각이 들어 혀를 쯧쯧 찼다. 그리고 위생병에게도 물었다. 위생병도 서무와 비슷한 이야기를 했다. 그런데 자기는 북한 가서 고생을 많이 해 그쪽에 오줌도 누기 싫다는 것이었습니다.

중대원 중 중대장은 점잖은 편이고, 소위는 생기발랄한 장교였는데, 특무장만 특이했다. 그는 비행기가 지나가면 3.8식 장총을 들고 신이네 옆 산으로 가 잔솔 숲에 착 누어서 비행기에 총을 쏴댔다. 신이는 그런 특무장을 따라가 구경했다. 그런데 그때 윗마을을 폭격하던 무스탕 전폭기가 연기를 내 뿜으며 떨어졌다.

그것을 본 특무장은 신이에게 저것 보라며 인민군이 하루에 미국 놈들 비행기 100대씩 떨어뜨린다고 떠들었다. 신이는 그러는 특무장을 보고 한심한 생각이 들어 “정말 그렇게 많이 떨어뜨려요?” 하고 물었다. 특무장은 자기가 왜 거짓말을 하냐며 미국 놈들 머지않아 미국으로 돌아갈 것이라고 큰소리쳤다.

그리고 조금 있으니 윗동네 전폭기 떨어진 상공에 웬 잠자리 같은 비행기가 가랑가랑 소리를 내며 떨어진 비행기 옆에 살포시 내려앉더니 도로 하늘로 떠올랐다. 신이는 너무 신기해 다음날 윗동네 친구를 만나 물었다.

"그 비행기가 와서 무엇을 하고 갔느냐고?" 신이 친구는 그 비행기가 와서 한 바퀴 빙 돌더니 떨어진 비행기에서 낙하산 타고 내려와 풀숲에 숨어 있던 조종사가 빨간 연기를 쏘아 올리니, 그 잠자리 같은 비행기는 연기 나는 곳으로 사뿐히 내려앉아 조종사를 싣고 살며시 떠서 남쪽으로 갔다는 것이다.

신이는 그래서 자기네 특무장 이야기를 하였다. 그러니 친구는 웃으면서 "야, 우리가 애들이냐? 아니지 않니? 우리 할머니는 2년만 있으면 나를 장가보낸다고 야단이셔. 그런데 우리를 어린애로 보는 너희 집 특무장이 한심한 인간이다. 안 그러냐?"

신이는 전쟁이 소강상태에 접어드니 재미난 게 없다. 그래서 동네 친구들과 총알 껍데기 가지고 마쳐 따먹기를 하였다. 그러니 총알 껍데기가 항상 모자랐다.

그래서 앞산으로 친구들과 총알 껍데기 주우러 올라갔다. 올라가 한참 껍데기를 줍는데 별안간 하늘에서 굉음 소리가 나 쳐다보니 '세이버 제트 전투기' 편대가 신이와 친구들 상공을 얕게 떠 지나간다.

신이와 친구들은 무서워 산골짜기에 숨어서 그 전투기

들을 쳐다보고 있었다. 전투기들은 윗동네 상공을 한 바퀴 빙 돌더니 정미소를 폭격했다.

신이와 친구들은 골짜기에 숨어 30m 상공으로 날아가는 제트기를 보고 너무 놀랐다. 평상시 하늘을 높이 떠다니는 것은 그렇게 큰지 몰랐는데 폭격할 때 30m 상공으로 날아가는 것을 보니 너무 크고 웅장함에 너무 놀랐고 또 상상 이상으로 큰 굉음에 더 놀랐다.

그렇게 4대가 한 바퀴씩 돌고는 번갈아 가며 기총소사를 하더니 나중에는 가랑잎 같은 것을 떨어뜨렸다. 그것이 뒤뚱뒤뚱하고 떨어지니 윗동네 정미소가 불바다가 되었다. 불바다가 되니 폭격기는 가버렸다.

신이와 친구들은 폭격이 끝나 집으로 오니 윗동네 현무 어머니가 돌아가셨다는 것이다. 그가 군인 담요로 만든 몸빼(여자 바지)를 입고 다니니 비행기 조종사가 인민군으로 오인해 폭격했을 거라는 것이다.

미군 비행기들은 서울에서 신의주 가는 일번국도와 그 주변을 매일 폭격했다. 중공군 보급선을 끊기 위해 폭격한다는 것이다. 신이가 사는 벽제면 성석리는 서울과 문산 사이 서부전선에 속해 양측에서 일진일퇴하니 전쟁 마당이 되었다.

그런데 1952년 봄이 되니 서울까지 후퇴했던 유엔군이 다시 북진해 수색과 일산 사이서 일진일퇴했다. 그 사이 인민군 연대본부가 신이네 집에 들어섰다. 김 구장은 6·25전에 새로 지어 놓은 집 옆 둔덕에 두 칸짜리 방공호를 파 놓고 그곳에서 살았다.

인민군은 신이네 집 세 칸 부엌에 쇠고기를 죽 걸어놓고 매일 쇠고깃국을 끓여 신이네도 한 방구리씩 주었다. 벽제면 주민들은 인민군이나 중공군에게는 큰 걱정을 안 했다. 그것은 그들이 민폐를 전혀 끼치지 않았기 때문이다.


그해가 지나고 1953년 초봄이 되었다. 신이는 친구와 인민군 방공호에 있었다. 인민군들이 방공호에서 어떻게 지내나 궁금했기 때문이다. 그렇게 인민군을 보고 있는데, 오전 10시쯤 인민군들이 방공호에서 아침 겸 점심을 먹으려고 어디서 가지고 왔나 흰 쌀밥을 한 함지박 가지고 와 막 먹으려고 수저를 들었다. 그때 백마 쪽에서 미군이 장거리포를 쏘기 시작했다.

신이와 친구는 걸음아 날 살려라! 신이네 방공호로 와 거적문 앞에 규석 아버지와 나란히 앉았다. 그런데 장거리포를 20분쯤 쏜 것 같은데 별안간 뚝 그침과 동시에 방공호 앞에 국군이 나타났다. 국군은 규석이 아버지에게 안에 인민군 없냐고 수화로 물었다.

규석이 아버지는 국군이 무엇을 물어보나 의아해하는 것 같다. 그러니 신이가 국군을 보고 있다가 재빨리 인민군 없느냐고 묻는 것 같아 손으로 없다고 손을 흔들었다.

국군은 신이의 손을 보더니 인민군이 없다고 생각하고 옆 방공호로 가 사람이 안 보이니 무작정 안에다 총을 쏘고 산 넘어 큰말로 갔다. 큰 말에서도 그렇게 했는데 방공호 안에 있으면서도 무서워 가만히 있던 사람들이 국군이 쏜 총에 맞아 3명이 죽었다는 것이다.

김 구장 내는 신이 때문에 위기를 넘겨 김 구장은 신이를 기특하게 생각했다. 신이는 인민군이 후퇴하니 둘째 형과 방공호에 무엇을 남기지 않았을까 가 보았다. 그런데 얼마나 급했던지 바지도 못 입고 간 것 같았다. 바지가 그대로 바닥에 있으니 둘째 형 욱이 잽싸게 집어 들었다. 묵직한 것 같다. 욱은 그 옷에 무엇이 들어있다고 생각하고 신이 눈치채지 않게 슬쩍 들고 집으로 와서 호주머니를 뒤지니 조그만 권총이 한 자루 들어있었다. 욱은 그 권총을 신이 모르게 감쪽같이 숨겼다.

# 국군들의 만행

그렇게 국군과 인민군이 일진일퇴하다가 국군이 봉일천 쪽으로 진격하니 김 구장은 다시 본 집으로 돌아왔다. 방공호에 더 있고 싶었으나 너무 습해 오래 있을 수가 없었기 때문이다.

국군들은 봉일천까지 진격하더니 도로 후퇴해 신이네 동네 근처에서 도로 반격하니 신이네 동네는 국군들이 낮이고 밤이고 득실거렸다. 그런 가운데 젊은이가 수난을 당했다. 낮에는 젊은 청년들을 잡아다 박격포탄 나르는 일을 시켜 신이 큰형도 17살에 국군에게 잡혀가 사흘 밤낮을 박격포탄을 나르다 왔는데 다치지는 않았다.

그렇게 낮에는 청년들을 잡아다 최전선에서 포탄 나르는 일을 시키니 죽을 위기를 느낀 청년들이 마침 봄 가뭄에 집을 나와 개울에서 밤새워 물을 펐다.

그러는 사이 밤 12시만 되면 간첩 잡는다며 무장한 국군들이 구두 신은 채로 방으로 들어와 젊은 여자들을 잡아

갔다. 그 바람에 신이 누나도 잡혀갔다. 그것은 신이 아버지 김 구장이 설사가 나 급히 뒷간에 가는 바람에 샛문을 열어놓고 간 것이 화근이었다.

국군들이 들이닥치면 딸부터 장 뒤에 숨기고 대문을 열었는데, 설사 나는 바람에 급해 샛문을 잠그지 않고 뒷간으로 간 것이 화근이었다. 국군들은 김 구장네 집으로 가다가 샛문으로 나오는 김 구장을 보았다. 숨어서 김 구장의 동태를 보는데 문을 안 잠그니 이때라고 열려있는 샛문으로 들어가 구둣발 소리를 죽여 가며 마루로 올라가 안방문을 살그머니 열었다.

국군들은 어제도 개가 짖는 바람에 허탕 쳤는데 오늘은 잘 됐다고 샛문으로 재빨리 들어가 안방 문을 열었다. 그 바람에 개들도 으응 소리만 내다 국군들이 재빨리 마루로 올라가니 짖다 말았다. 신이 누나는 곤히 자고 있었다. 무슨 일이 있으면 꼭 아버지가 자기를 깨워 어머니 장 뒤에 숨기고 대문을 열어주었기 때문이다.

완전무장한 국군 두 명은 간첩 잡는다며 구둣발로 방으로 들어와 "수상한 사람이 있다는 제보가 있어 조사하는 것이니 협조하시오!" 하며 플래시로 비췄다.

그런데 처녀가 없으니 재빨리 마루를 지나 작은방으로

가 플래시를 비추니 달덩이 같은 처녀가 자고 있다. 국군들은 회심의 미소를 띠고 자는 신이 누나를 깨웠다. 신이 누나는 누가 깨우니 아버지로 알고 벌떡 일어났다.

국군은 플래시를 비추더니 간첩 신고가 들어와 조사차 왔으니 부대로 가자며 신이 누나를 깨워 문을 나서려 하니, 신이 누나는 아버지 어머니 들으라며 "간첩이라니요?!" 하고 큰소리를 쳤다. "우리는 6·25 전쟁 초기에 패잔병 국군을 감추었다가 아버지가 잡혀가 큰 곤욕을 치렀는데 간첩이라니요? 억지 쓰지 말고 가세요!"

국군들은 조사해서 죄 없으면 되돌려 보낼 테니 걱정하지 말고 나가자고 한다. 국군이 작은방으로 갔을 것이라고 직감한 신이 엄마는 재빨리 마루로 나오니 국군이 딸을 끌고 나온다.

그러니 국군 보고 "잡아가려면 나를 잡아가시오. 괜히 행패 부리지 말고!" 그 말을 들은 국군은 "뭐? 행패를 부려? 이 집구석이 뜨거운 맛을 못 봤나?" 하더니 무작정 신이 누나를 끌고 밖으로 나갔다. 신이 엄마는 "우리는 국군 패잔병을 감추어 주었다가 혼난 집인데, 간첩이라니! 말이 되는 소리를 하시오!" 하며 그냥 가라고 사정했다.

국군은 부대 가서 조사해 간첩 아니면 도로 보낼 테니

걱정하지 말라며 데리고 가려고 하니, 신이 엄마는 "안 돼요! 얘는 아무 죄도 없어요. 잡아가려면 나를 잡아가시오!"

그러니 국군은 "말이 많다. 우리가 간첩 잡는데 누구 사정 봐서 잡나?" 하고 악을 쓰며 끌고 밖으로 나갔다. 신이가 엄마를 보니 넋 나간 사람 같았다. 김 구장은 배가 사르르 아픈 설사에 뒷간에서 한참 있다 들어와 보니, 식구들이 넋 나간 것 같이 멀거니 서 있다.

김 구장은 무슨 일인가 하다 딸이 잡혀간 것을 알고 "하-아, 국군이, 국군이?" 하고 장탄식을 했다. "인민군 중공군도 하지 않은 짓을 국군이 한단 말인가? 하기야 왜정 때 왜놈들이 처녀를 잡아다 못된 짓을 한다는 소문은 들었는데?"

그때 일본군이었든 인간이 지금 사단장 백○○니 그 밑의 국군이 그것을 모를 리 없지 않겠는가? 그렇게 되어 사단장도 묵인할 것이라고 믿고 저런 짓을 하는 것이리라.

김 구장은 멍하니 천정을 보고 "하-아, 우리는 누구를 믿고 살아야 한단 말인가?" 그리고 화로 옆에서 떨리는 손으로 곰방대에 담배를 꼬깃꼬깃 넣고 불을 붓 쳐 뻐금뻐금 빨았다.

분해서 잠을 못 자고 담배만 피우고 있는데 대문 두드

리는 소리가 난다. 김 구장은 무슨 일인가 해서 대문으로 나가 "누구요?" 하고 물으니 "아버지, 저예요." 딸의 목소리다.

김 구장은 대문을 열고 "애야, 나 때문이다. 어서 들어가자." 그런데 옆에 왼 국군이 서 있다. 그 국군은 "어르신, 안녕하셨습니까?" 김 구장이 "누구요?" 하고 물으니 "6·25 다음날 감자밭에서 구해주신 국군입니다. 어르신, 죽을죄를 지었습니다. 따님은 아무 혐의가 없어 데리고 왔습니다. 안녕히 계십시오." 그리고는 훌쩍 가버렸다. 김 구장은 딸을 데리고 안방으로 들어와 한 시간 동안에 있었던 일을 물었다. 딸은 "아버지! 아버지가 평상시에 좋은 일을 많이 하셔서 아무 일 당하지 않고 무사히 왔어요."

"그게 무슨 소리냐?"

"네, 내가 그들에게 잡혀 밖으로 나가니 차에 태우고 군인들이 바로 눈을 천으로 가렸어요, 그런데 느낌으로 여자세 명쯤이 같이 차에 타고 있는 것 같았어요. 나까지 네 명이 잡혔는데, 이십 분쯤 가더니 차에서 내리라고 해서 내리니 어느 초가집으로 데리고 들어가 방 하나에 한 명씩 집어넣고는 가린 눈을 풀어주었어요.

나는 너무 무서워 구석에 웅크리고 앉아 있는데, 마루

건너 작은 방에서는 여자 울음소리가 들렸어요. "이러지 마세요, 이러지 마세요, 이러시면 나는 시집 못 가요." 그런데 군인이 어떻게 했나 악을, 악을, 썼어요. 그래서 나는 벌벌 떨고 있는데 그때 장교복을 입은 군인이 들어왔어요. 들어오더니 내 얼굴을 손전등으로 비췄어요,

나는 벌벌 떨며 "나는 아무 잘못 없어요, 돌려보내 주세요." 군인은 "너는 간첩 혐의가 있어 잡혀 온 것이다. 너 간첩이면 어떻게 되는지 알지? 총살형이다. 그러니 내가 시키는 대로 해라. 시키는 대로만 하면 총살 안 시키고 보내줄 것이다."

"무엇을 시킬 건데요?"

"그것은 간단하다. 옷을 벗고 잠깐 참으면 된다."

"옷을 벗고 참다니요? 저는 죄지은 것이 없어요. 그리고 간첩이라니요? 우리는 국군을 감춰 두었다가 혼난 집안인데요."

그러니 그는 화난 음성으로 "못 벗겠으면 내가 벗겨줄 게!" 하더니 앞으로 다가와 강제로 옷을 벗기려고 했어요. 나는 위급한 상황이 닥치니 이판사판이라고 생각하고 그를 힘껏 떼밀어버렸어요.

그 바람에 그가 벽에 머리를 쾅 부디 쳤어요. 그는 주춤

하더니 권총을 빼 들고 "쌍년! 벗을 거야 안 벗을 거야?" 하고 악을 썼어요. 악을 쓰니 문밖에 있던 졸병이 들어와 "대대장님, 왜 이러십니까? 다른 애로 바꿔 모시겠으니, 이 애는 우리를 주십시오."

그러니 그는 그렇게 하라며 "이년은 너희들이 마음대로 해!" 하고 악을 썼어요. 그러니 졸병은 나와 밖으로 나왔어요. 그리고 손전등을 내 얼굴에 비추고 자세히 쳐다봤어요.

나는 그때 이제 나는 어떻게 될까? 하는 절망감에 정신을 놓고 멍하니 서 있으니, 그 군인은 "나를 따라오시오." 하는 것이었어요. 나는 어리둥절해서 주춤거리니 "뭐 해요? 빨리 따라와요."

그제야 정신을 가다듬어 가니 나를 지프차에 태웠어요. 차에 태우더니 "청석골 김 구장 따님이지요?" 내가 그렇다고 고개를 끄덕이니 그는 알았다고 하더니 차를 몰아 집으로 온 거예요."

김 구장은 잠깐 뒷간에 간 사이에 딸이 잡혀가 이 비참함을 어디다 호소할까 참담한 마음이 되어 전전긍긍하다가, 딸에게 그 이야기를 듣고 너무 감격해 "하나님 감사합니다. 감사합니다!" 연거푸 뇌까렸다. "아버지, 나 나쁜일 안 당했어요."

"그렇다면 다행이다만, 어떻게 안전했다는 거냐?"

"그게 아까 나를 데리고 온 그 군인이 전쟁 났을 때 우리 집에 있다가 잡혀갔던 국군이었어요. 대장 방에서 나오니 그 군인이 손전등으로 비춰 보고 먼저 나를 알아봤어요. 혹시 청석골 김 구장 따님 아니냐고 물어서 그렇다고 했더니 차에 타라고 해서 같이 타고 온 거예요. 앞으로도 전쟁이 어떻게 전개될지 모르니 피난을 가야 한다며 전쟁이 끝나면 다시 찾아온다고 했어요."

"그러냐? 참 고마운 군인이구나."

"아니에요. 그 군인은 차를 타고 오면서 나에게 말했어요. 아버지가 너무 고마운 분이라 그 은혜는 절대 잊지 않는다고요. 아버지는 자기가 국군인 줄 알면서 일을 시키는 척 숨겨줬다는 것이에요. 그것을 자기는 느낌으로 알았다는 거예요, 감춰준 것 알면 죽음을 면키 어렵다는 걸 알면서도 감춰주어 너무나 고마웠다고 했어요. 그 군인 말이 맞아요?"

"그래, 어찌 몰랐겠느냐. 알면서 모르는 척 일을 시킨 것이다."

"그래! 선하게 살아야 해! 선한 끝은 있다고 했으니…"

# 피난살이

그 후에 국군은 금촌까지 진격하더니 도로 후퇴한다. 김 구장은 이제는 피난 가야 한다고 생각하고 짐을 꾸렸다. 김 구장네는 식구가 많아 노 할머니는 그대로 집에 계시게 하고 피난길에 올랐다. 김 구장은 쌀을 지고 나머지 식구들은 이불이며 식기를 지고 이고 피난길에 나섰다.

신이는 12살이다. 성숙하게 자라 키가 크니 아버지가 찹쌀 두 말을 지고 가라고 하셨다. 찹쌀 두 말이 담긴 자루를 지기 위해 헝겊으로 만든 넓은 멜빵을 어깨에 메고, 서울 할머니가 공부 잘한다고 사다 주신 빨간 구두를 신고 피난길에 나섰다.

그동안 아끼고 안 신었는데 이제는 아끼고 말고 할 때가 아니다. 신이는 그때까지 그런 좋은 구두는 학교에서 본 적이 없었다. 그것을 신고 찹쌀 두 말을 어깨에 메고 서울로 간다. 청석골을 떠나 백마 이모네 동네를 거쳐 피난을 간다. 김 구장네는 백마역에서 경의선 철길로 들어서서 걷기 시작했다.

신이는 쌀 두 말이 그리 무겁다고 느끼지 못하다가 백마역을 지나고부터 쉬어가고 싶어졌다. 날씨는 춘삼월이라 한낮에는 햇볕이 따가웠다. 들판에는 아지랑이가 아물거리고, 하늘에는 종달새가 휘파람 소리 비슷한 소리로 노래했다.

보리밭도 파란빛이 감돈다. 철길 옆 덤불에서는 도요새와 찌르레기가 알을 낳아놓고, 사람들이 지나가니 보금자리를 숨기려고 날개를 바르르 떨며 자기 집 반대 방향으로 간다. 신이는 알면서 그래 내가 속아 줄게 그렇게 대자연을 보며 힘든 것을 잊으려고 안간힘을 쓰며 간 것이 화전까지 갔다.

거기서 조금 쉬고 발길을 재촉해 수색 쪽으로 간다. 신이는 여기까지는 종달새도 보고, 길옆의 민들레 찌르레기도 보느라고 힘든 줄 몰랐는데, 수색서부터는 찹쌀 두 말이 너무 무거워 어깨가 짓눌리니 쉬어가고 싶어졌다.

그런데 다른 식구들도 힘들어 보이니 투정을 부릴 수가 없어 안간힘을 쓰고 걸었다. 화전에서 수색으로 가는 중간에 샛강에 큰 철 다리가 놓여있다. 신이는 그 다리 아래를 보고 겁에 질렸다. 새파란 강물이 무서웠다.

신이는 다리를 못 건너고 엄마를 불렀다. "엄마! 나 무서워서 다리 못 건너!" 하고 악을 쓰니 엄마는 둘째에게 "네가 신이 손잡고 건너!" 하고 악을 썼다. 욱은 "나도 힘든데 이까짓 다리를 왜 못 건너! 나도 힘들어 죽겠는데!" 하고 악을 썼다.

신이는 그래도 어쩔 수 없이 욱의 손을 잡고 건넜다. 그런데 이제는 어깨가 너무 눌려 아프고 힘들어 도저히 못 갈 것 같다. 그래서 그때까지는 빨간 구두가 헤질 것 같아 아꼈는데 이제는 너무 힘들어 구두 앞 뿌리로 돌을 툭툭 차며 걸었다. 그렇게라도 해야 힘든 것을 잊을 수가 있었기 때문이다. 신이는 구두코가 까지는 것도 아랑곳하지 않고 공덕동 전찻길까지 갔다.

그런데 그동안 어깨 저린 것을 늦추려고 쌀자루 양쪽 모퉁이를 쥐고 너무 많이 추슬렀는지 쌀자루 옆의 뾰족한 곳이 헤어져 쌀이 한 알 두 알 새어 나왔다.

신이는 어린 마음에도 이 먼 곳까지 메고 왔는데 쌀알이 한 알 두 알 땅바닥으로 떨어지니 주워 담을 수도 없고, 이러지도 못하고 저러지도 못하고 "엄마! 쌀이 자꾸 자루에서 빠져나와 떨어져! 이거 어떻게 해!" 하고 울어버렸다.

신이 엄마는 "신이야, 조금만 참고 올라가! 거의 다 왔어! 조금만 더 올라가면 친척 집이야! 힘내 알았지, 우리 착

한 신이.”

“엄마! 그래서 우는 거 아니야. 아까운 쌀이 자꾸 빠져나와 눈물이 나는 거야.”

“그래 알았다. 이제 거의 다 왔으니 한 알씩 떨어지는 것은 잊어버리고 있는 힘을 다해 올라가자.”

신이는 엄마 말에 있는 힘을 다해 친척 집에 도착했다. 그는 들어가 마룻바닥에 쌀을 진 채로 벌렁 뒤로 누워버렸다. 힘이 들고 어깨가 저려서 멜빵도 벗지 못하고 한참 누웠다가 벗어 버리니 날아갈 것 같다. 친척 집도 피난을 갔나 집이 텅 비었다.

빈집에서 신이네 여섯 식구가 사니 아주 비좁지는 않았다. 신이네는 유엔군이 서울까지 후퇴하면 그때 다시 남쪽으로 가기로 하고 우선 공덕동 친척 집에서 피난 생활을 한다. 쌀은 모두 합쳐서 한 가마 반쯤 있었으나 땔감이 문제인데, 신이 큰형 준이 “땔감은 제가 어떻게든지 마련할게요.” 하더니 둘째와 신이를 데리고 공덕동 고개를 넘어 선린상고 옆을 지나 삼각지로 갔다. 거기 가니 미군이 득실거렸다.

신이 형제들은 먼저 미군 쓰레기장으로 가서 미군이 버린 나무판 때기를 부숴서 지고 왔다. 삼 형제가 이틀에 한

번씩 그렇게 나무를 주워 오니 특별나게 부족한 것이 없다.

반찬은 한강 가장자리에서 조그만 재첩 조개와 민물 김을 따다가 말려서 간장에 무쳐 먹으면 고기보다 더 맛있었다. 신이네 형제는 하루는 삼각지 가서 나무를 해 오고, 하루는 한강에 가 재첩 조개 잡고 민물 김을 따다가 말리고를 반복하였다.

그러다 날이 무더워 신이가 둘째에게 말했다. 너 한강에 멱 감으러 가지 않을래? 둘째도 덥던 터라 그래 가자. 둘이는 엄마에게 아무 말도 하지 않고 한강으로 갔다. 가서 신이 말했다. "너 여기서 저 강 가운데까지 다녀올 수 있어?" 욱은 "너 나 헤엄치는 것 못 봤구나? 가운데가 아니고 강 건너까지 갔다올 수 있어."

"정말이지?"

"너 뭐 내기할래? 내가 강 건너까지 갔다오면 그다음부터 꼭 형이라고 부른다고 약속해."

"약속할게."

욱은 옷을 벗더니 강으로 들어가려 한다. 신이가 보면 아무래도 강 건너까지 갔다 오는 것은 무리일 것 같다. 강물이 세차게 흐르는 것 같았기 때문이다. 그것을 머리가 둔한 욱이 모르는 것 같으니 신이는 "너 그러지 말고 강 가운데까지만 갔다 와라." 했다.

"너, 그래도 형이라고 꼭 불러야 한다."

"알았어. 괜히 건너갔다 온다고 했다가 큰일 날까 봐 낮
춰준 줄이나 알아."

욱은 준비 운동을 하더니 강으로 들어가 개헤엄을 친다.
헤엄을 쳐 중간까지는 잘 갔다. 그런데 오는 것을 보니 어
째 힘들어 보인다. 신이는 속으로 걱정을 한다.

아니나 다를까, 욱이 강 중간쯤 오다 허덕이더니 꼴깍
강물 속으로 들어가 버렸다. 그것을 본 신이 급해졌다. 주
위를 두리번거리니 큰 나무토막이 보인다. 그것을 재빨리
주워 강물에 띄워 붙잡고 강 중간으로 간다. 그런데 욱이
그때까지 강물 위로 나오질 않는다. 신이는 겁이 나, "너 어
디 있는 거야? 어디 있어?!" 하고 악을 악을 쓰며 사방을
두리번거렸다. 그렇게 급박한 시간이 흐르는데 느닷없이 둘
째가 5m 전방에서 불쑥 솟아올랐다.

신이는 재빨리 욱에게 가 힘없는 한쪽 팔을 나무토막 위
에 올려놓게 했다. 그리고 한참 숨을 돌리게 한 다음 서서
히 물길 따라 서강 쪽으로 내려갔다.

서강 강가로 간 욱과 신이는 강섶에 철퍼덕 눕고 말았
다. 한참을 누었으니 욱이 신이 에게 말했다. "이제 집에 가

자."신이는 내기에는 자기가 이겼지만 어쩐지 형 욱이 측은해 보였다. 그래서 "형 괜찮은 거야?" 하고 물었다.

"그래! 괜찮은데 너 집에 가서 절대로 오늘 일 이야기 하면 안 돼." 신이는 혼나고도 큰소리치는 것이 미워 "이야기 하면 어쩔 건데?" "그럼 앞으로는 너 안 데리고 다닐 거야."

신이는 데리고 다니든지 말든지 했지만 어쩐지 그날은 욱이 불쌍해 보여, "그래, 집에 가서 이야기 안 하고 앞으로는 형이라고 부를게." 집으로 가니 엄마가 "너희들 어디 갔다 왔어?" 하고 화를 내셨다. 신이는 시치미 떼고 "더워서 멱 감고 왔어." "어디서 멱 감았어?"

"저기 샛강에서."

"더워도 너희들끼리는 한강에서 멱 감으면 안 돼, 알았어?"

그 후로 욱은 말이 없어졌다. 신이에게 너무 큰 흉을 잡혔기 때문이다. 그런데 신이가 그 후로는 오히려 둘째를 감싸는 것이다. 신이가 철이 드는 중이었다.

김 구장 아들들이 처음에는 삼각지 가서 나무만 주워 오다가 쓰레기장에도 마른 쓰레기 버리는 곳과 음식물 버리는 곳이 다르다는 것을 알았다.

그래서 어느 날 음식물 버리는 곳에 가 보니 음식을 마구 태운다. 식빵과 통조림이 불구덩이에 그득하다. 거기다가 식빵에, 초콜릿에, 어느 때는 소고기 통조림까지 태우니 너무 아깝다.

그것을 아까운 표정으로 보고 있으니, 나중에 카트에 물건을 싣고 온 미군은 측은했던지 부리나케 식당으로 가 식빵과 통조림을 한 아름 가지고 와서 주었다.

신이 형제는 이제 마음의 여유까지 생겨 나무를 지고 오다가, 선린상고 수위실에 있는 큰 그랜드 피아노를 치고 오는 날이 많아졌다. 신이가 처음에는 이것이 무엇인가 몰라 큰형에게 물었다.

"큰형, 이게 뭐야?"

"궁금하니? 이것이 피아노라는 악기다."

신이는 삼각지에서 나무 메고 오다 피아노를 쾅쾅 치고 오는 날이 많아졌다. 신이는 피난 생활이 재미있다. 아니 전쟁은 전쟁대로 재미있더니 피난 생활은 더 재미있다고 느꼈다.

공덕 시장에 가면 그곳은 그곳대로 볼거리가 많았다. 우선 미군이 먹다 남긴 감자 뭉갠 것으로 만들었다는 빈대떡이 맛있어 보이니, 엄마에게 졸라 그것을 사서 네 조각을 내서 하나씩 먹었다. 너무 맛있다. 그래서 아주머니에게 물었다.

"이것 무엇으로 만들었기에 이렇게 맛있어요?" "그것 가르쳐 주면 안 되는데?"

"왜 안 되는데요?"

"그것 알면 맛이 없어질 테니까?"

"그게 무슨 말이에요?"

"그 녀석 참 끈질기네. 이것이 미군들이 먹다 남은 음식 찌꺼기 중에 감자 으깬 것 가지고 만든 거야."

신이는 달콤하면서도 감칠맛이 나 더 먹고 싶으니 엄마 하나만 더 사자고 졸랐다.

그러니 엄마가 빈대떡 하나를 더 사 네 조각을 내 한 조각씩 자식들에게 주었다. 신이는 한 조각을 더 먹고도 양이 차지 않아 빈대떡이나 한번 실컷 먹었으면 하는 생각이 간절했다.

그 사이 유엔군이 중공군에 밀려 화전까지 왔다고 한다. 더 밀리면 김 구장 네가 또 떠나야 할 판이다. 그런데 엄마가 걱정한다. 식량이 얼마 남지 않았다는 것이다. 그러니 청석골로 가야 하는데 큰 걱정이라고 아빠 엄마가 한숨을 내쉬셨다.

그때 모험심 강한 신이 생각에 잠겼다. 진즉부터 삼각지 미군 식당이 궁금하던 차인데? 부침개 파는 아주머니가 한 말이 생각났다.

'그래 거기 가 보는 거야. 그 아주머니가 말한 대로면 나도 가서 얻어 올 수 있을 거야.' 빈대떡 팔던 아주머니는 미군들이 먹고 난 찌꺼기를 걷어다가 팔면 그것을 자기가 되사서 부침개 부쳐 파는 것이라고 했다.

신이는 어느 날 아주머니가 한 말이 생각나 그것을 실행에 옮기기로 했다. 둘째 형 욱이 와 가고 싶었으나 겁이 많은 욱에게 가자면 오히려 아빠에게 일러바칠 것 같아 혼자 가기로 하였다.

신이네는 쌀이 떨어져 저녁도 굶었다. 신이는 살그머니 식구들 모르게 삼각지 미군 부대로 가서 정문 위병소 앞 미루나무 뒤에서 그들의 움직임을 살피고 있었다.

그런데 어두컴컴해지니 위병소 미군이 잠깐 한눈파는 사이 착 엎드려 위병소를 지나 큰 미루나무 뒤에 숨어서 근맥을 살폈다. 그렇게 살피며 사방을 두리번거리고 있는데 한 막사에서 미군들이 입맛을 다시며 나오는 것이다.

신이는 저곳이 식당일 거라는 생각에 미군들이 다 나가기만 기다렸다. 한참을 기다리다 다 나온 것 같으니 살금 살금 식당 천막 안으로 가 문을 살며시 열고 안을 들여다 보니 아무도 없는 것 같다.

신이는 살그머니 들어가 주방 쪽으로 가 둘이 번 거리니 한쪽에서 음식 냄새가 난다. 그곳이 주방인가 하고 가 보니 먹다 남은 음식이 한쪽에 수북이 쌓여있다.

신이는 그것을 본 순간 허기져 배고프던 차에 마구 집어 먹었다. 닭고기, 돼지고기, 소고기, 감자 으깬 것까지 실컷 먹고 집으로 가져갈 것을 옆에 있던 기름종이에 쌌다. 그리고 조금 숨을 돌리다 간다고 앉았다가 깜빡 졸음이 와 잔 것 같은데 배가 사르르 아픈 바람에 잠에서 깼다.

별안간 기름진 음식을 너무 많이 먹어 설사가 난 것이다. 배에서 꾸르륵 소리가 나며 살살 아파 견딜 수가 없는데 똥까지 쌀 것 같다. 신이는 그래도 똥은 밖에서 싸야 한다고 생각하고 허겁지겁 식당 천막에서 나와 옆 천막 뒤에서 부지직 똥을 싸고 말았다.

"아이고 배야, 아이고 배야!"

배를 움켜쥐고 똥을 싸고 있는데 그때 큰 기둥 같은 것이 앞에 와 딱 서더니 앞이 환해졌다. 신이는 이게 별안간 왜 환한 거야? 하고 고개를 들어 위를 쳐다보니 미군이 코를 막고 "갓뎀! 갓뎀!"하며 손전등으로 자기를 비추고 뭐라고 지껄이고 있다. 신이는 자기 배를 가르키며 배가 아파 똥을 싸는 것이라고 손짓으로 말했다.

미군은 신이의 손짓으로 봐서 설사가 난 것이라고 생각하고, 자기 천막으로 가더니 흰 종이에 싼 알약을 가지고 나와 신이에게 건네주면서 먹으라는 시늉을 한다. 신이는 미군이 그것을 먹으라는 것으로 알고 받으니 물도 한 컵 준다. 그래서 그 약을 먹고 나니 조금 배가 가라앉는 것 같다.

그때 미군이 하얀 종이를 주며 밑을 닦으라는 시늉을 하니 밑을 닦고 일어섰다. 미군은 자기를 따라오라고 한다. 신이는 고마운 생각에 미군을 따라가니, 그는 바로 똥 싸던 옆 천막으로 들어가서 신이 보고 자기 옆으로 오라고 손짓한다. 신이 미군 옆으로 가니 천막 맨 앞에 십자가가 세워져 있다.

미군은 신이 보고 앞의 십자가를 가리키며 거기다 자기 같이 기도하라고 하는 것 같다. 신이는 무조건 미군이 시키는 대로 따라했다. 미군과 같이 기도하고 나니 간이침대를 가리키며 거기서 자라는 시늉을 한다. 신이는 기왕에 통금시간이라 집에 못 갈 것 같으니 그 침대에서 자고 아침에 일어났다. 미군은 일어난 신이에게 뭐라고    쓴라라대며

빵과 우유를 줬다.

신이는 그것을 받아먹고 배 아픈 시늉을 하니, 밤에 주었든 하얀 약을 한 알 준다. 우선 그것을 받아먹고 집에 간다고 하니 식빵 두 뭉치와 초콜릿 두 곽을 준다. 신이는 그것을 가지고 부리나케 집으로 향했다. 신이네 집에서는 엄마가 늦게까지 신이를 찾다가 지쳐 자고, 다음 날 일찍 일어나 첫째 준에게 신이를 찾아보라고 성화셨다.

준이 한참 생각하니 틀림없이 삼각지 간 것 같은 생각에 아침 먹고 그쪽으로 둘째와 가고 있었다. 신이는 엄마가 걱정할까 봐 부리나케 걸어 선린학교 수위실까지 오니, 저쪽에서 큰형이 오고 있다. 신이는 너무 반가워 뛰어가 "형! 나 여기 있어!"

큰형 준이는 "그래 됐다. 빨리 집으로 가자!" 큰형을 따라오던 욱은 신이를 보더니 "그래, 잘난 체하더니 어디서 자고 이제 오니?" 신이는 대꾸도 하지 않고 큰형을 따라 집으로 온다.

김 구장은 신이를 보고 "너 바지 올려!" 하더니 "왜 네 맘대로 집을 나가!" 하며 회초리로 종아리를 열 대나 때렸다. 그리고 물었다. "그래, 어디 갔다 이제 왔어?"

신이는 자기가 한 짓을 다 이야기했다. 그리고 끝에 가서 먹을 것 구하려고 갔다 왔다고 이야기했다. 김 구장은 "그런 것은 내가 알아서 하는 거야. 너희들은 먼저 같이 땔감이나 얻어 오면 돼." 그러나 식량이 떨어져 속으로는 걱정이 태산 같다.

눈치로 그것을 아는 신이는 아버지 모르게 미군 부대 군목에게 가 먹을 것을 얻어 오는 날이 많아졌다.

김 구장은 아버지로 면목이 안 서니 괴롭다. 그러나 어쩔 수 없다. 신이가 그거라도 얻어 오지 못하면 굶을 테니 알면서 모른 채 하였다. 그런데 죽으라는 법은 없는지 국군이 백마 쪽으로 진격한다는 소문이 들렸다.

# 귀향

김 구장은 식량이 다 떨어지니 어쩔 수 없어 전진하는 국군을 따라가기로 하고 공덕동 친척 집을 나섰다. 신촌으로 해서 수색까지 가는데 들판에는 보리가 봉긋하게 자랐고, 야산에서는 수꿩이 암놈을 부르느라 꿩꿩 노래를 한다.

어제까지 전쟁터였든 산하가 자연으로 되돌아가 파란 들판에서는 아름다운 자연의 소리가 들린다. 신이는 한 달 만에 대자연에 파묻히니 그동안 피난살이 하느라 공덕동에서는 느끼지 못했던 신선함에 신이 나서 이리 뛰고 저리 뛴다. 엄마는 신이 뛰는 것을 보고 "너는 무엇이 좋아서 그렇게 펄쩍펄쩍 뛰니?"

"엄마! 한 달 만에 산에 나무와 들에 보리를 보니 좋아서 뛰는 거야. 그리고 청석골은 그동안 어떻게 변했을까 궁금해 가슴이 마구 뛰어."

"청석골 집 생각을 하니 좋으냐?"

"그럼! 할머니와 바둑이 생각에 빨리 가고 싶어."

신이네는 식량 때문에라도 빨리 가야 하는데, 수색까지 가니 그 많은 기차 철로에 객차가 수없이 많은데, 그중에 절반은 타고 있다. 벌판에 많은 객차가 붉게 타니 그것 또한 장관이다.

신이는 전쟁 마당이 모두 재미있어 보인다. 그렇게 전쟁이 막 지나간 자리를 보면 불타 죽고 모든 것이 짓밟히고 엉클어져 있다. 어제까지 그렇게 수색에서 전쟁하고 진격하여 전쟁 마당이 화전이 된 것 같다. 그렇게 격전이 벌어져 일진일퇴하니 더는 못 간다는 것이다.

그래서 신이네는 어쩔 수 없이 수색에서 하루를 자고 다음 날 떠났다. 신이는 서울로 올 때는 찹쌀을 지고 오느라 혼이 났는데, 고향으로 갈 때는 빈 몸으로 가니 몸과 마음이 가벼워 팔짝팔짝 뛰며 간다. 고향 가는 길이라 발걸음도 가벼워 한나절 만에 백마 이모네 집에 도착해서 점심을 먹고 청석골로 간다.

식량이 바닥나 하루도 지체할 수가 없다. 신이는 집으로 가는 발걸음이 더욱 가벼워 뛰어놀면서 깡통이며 병을 구둣발로 툭 툭 차면서 간다. 그렇게 아끼던 빨간 구두 앞이 벗겨져 빨갛던 구두코가 희다. 이제는 구두가 떨어지든 말든 돌부리도 차고 깡통도 차면서 간다.

신이네는 하루 치 식량도 없으니 진격하는 국군 뒤를 바짝 따라간다. 그렇게 전쟁이 막 끝난 뒤를 따라가니 길옆으로 미처 치우지 못한 시체가 여기저기 널려있다.

인민군, 민간인이 순서 없이 도랑에 머리를 처박고 죽은 사람, 엎어 죽은 사람, 앞으로 고꾸라져 죽은 사람, 뒤로 벌렁 누어 죽은 사람으로 뒤죽박죽이다.

그것들을 보니 전쟁은 너무 비참하다는 생각이 든다. 신이는 그동안 너무 많은 시체를 봐서 무감각해 죽은 것보다 어제 여기서 인민군하고 국군이 얼마나 치열하게 싸웠을까 그런 상상만 한다.

그렇게 청석골 집에 도착하니 동네 사람들이 놀란다.

"아니 조금 전까지 인민군이 있다 후퇴했는데 어떻게 그 뒤를 바짝 따라왔어?" 김 구장은 "네, 식량이 떨어져 어쩔 수 없이 전진하는 국군 뒤를 바짝 따라왔어요."

"그래?"

신이네는 한 달 만에 집으로 오니 노 할머니가 반갑게 맞는다. 그러나 반가운 것도 잠시 종일 걸어왔고 또 긴장이 풀리니 피곤해 일찍 저녁을 먹고 잠자리에 들었다.


신이는 자고 일어나 밖에 나가보니 아침인데 설문리 쪽

에서 야포 소리 기관총 소리가 요란하게 들린다. 김 구장은 또 불안하다. 국군이 전진해서 더 멀리 가야 마음을 놓을 텐데 이제는 지쳐서 피난도 못 가고 전쟁 한가운데서 어떻게 큰딸을 지킬까 걱정을 하며 아침을 먹는다.

신이는 아침을 먹고 규석이와 노는데, 오전 9시쯤 됐을까? 신이네 뒷산에서 국군이 살살 기어 내려오며 입에다 손을 댔다. 아무 소리 하지 말라는 수신호다. 신이와 규석은 호기심에 국군이 시키는 대로 입을 다물고 그들만 유심히 쳐다보고 있다.

국군은 쌍안경으로 동네 앞 신이네 밀밭에 초점을 맞추고 있는 것 같다. 그 밀밭은 동네 한가운데 있는 이백 평쯤 되는 넓이의 밭이다. 밭 앞에는 조그만 개울이 있는데 개울둑은 꽤 높은 편이다.

그 개울에서 동쪽으로 이백 미터쯤 내려가면 큰 개울이다. 그런데 설문리에서 쫓긴 인민군이 역으로 큰 개울로 올라오다가 작은 개울로 들어선 것이 포착됐다.

인민군은 더 올라가야 숨을 곳이 없으니 신이네 밀밭에 숨으려고 살살 기어들어 온 것이다. 그것을 국군 일개 중대가 신이네 동네 다섯 가구에 몸을 숨기고 있다가 중대장의 사격 신호가 떨어짐과 동시에 집중사격했다.

인민군 쪽에서도 따발총으로 반격한다. 그렇게 쌍방 간에 교전하는데 별안간 밀밭 가운데서 꽝 소리가 나더니 잠잠해졌다. 인민군이 포로로 잡히느니 죽겠다며 수류탄으로 자폭했다는 것이다. 교전이 끝나 시체를 수습하니 인민군이 열한 명이나 죽었다.

인민군을 사살한 국군은 잔당을 추격해 신이네 뒤꼍 밭 쪽으로 진격했다. 동네 아이들은 진격하는 국군 뒤를 따라가며 전쟁하는 것을 호기심 어린 눈으로 쳐다보고 있다.

국군은 신이네 뒤꼍 밭 위의 작은 산등성이로 올라가더니, 산 아래 골짜기에다 무차별 기관총을 쏴댔다. 동네 아이들은 전쟁하는 것을 보는 게 일상화되어 이제는 더욱 접근해서 따라간다.

겁도 없이 전쟁터를 따라다니니 국군은 "너희들 이제 집에 가!" 하며 악을 썼다. 그러나 아이들은 들은 척도 않고 따라다니다 국군이 전진해서 설문리 쪽으로 가고 나서야 집으로 왔다.

신이와 규석은 눈앞에서 직접 전투하는 것을 보니 너무 재미있다고 느꼈다. 그래, 전쟁은 재미있는 거야. 어른들은 걱정하겠지만, 우리는 학교 다니며 숙제할 걱정 없이 매일 총격전 아니면 유엔군 폭격기들이 날아와 앞마을, 뒷마을,

앞산, 뒷산에다 폭격하는 것을 보는 것이 너무 재밌었다.

그해 여름과 가을이 지나 겨울이 되니 도로 국군이 퇴각하고, 인민군 연대가 김 구장네 집에 진을 쳤다. 그해 겨울에는 중공군은 다른 마을로 갔으나 인민군이 최전선으로 들어왔다.

김 구장은 민폐 끼치면 어쩌나 하는 마음에 근심 어린 표정으로 중대장을 쳐다보니 중대장은 "어르신, 앞으로 걱정하지 마십시오. 우리 인민군이 중국군 예하로 들어간 후로는 절대로 민폐 못 끼치게 되어있습니다." 그해 겨울도 지나가고 봄이 되니 다시 국군이 들어오고 인민군은 후퇴했다. 신이네 있던 인민군도 밤사이 후퇴했다. 그런데 이번에는 청석골이 전쟁터가 아니고 문산과 고랑포를 경계로 일진일퇴 전쟁을 한다는 것이다.

그것은 아이젠하워 미국 대통령이 휴전을 조건으로 대통령에 당선되어 빨리 휴전을 하기 위해 더 전진하지 말라고 명령해서 그렇다는 것이다. 더 쳐들어가면 북한이 휴전 제의를 거부하니 어쩔 수 없이 서부전선은 문산 근처에서 일진일퇴하였다.

중부 전선은 백마고지를 중심으로 낮에는 유엔군이 고

지를 점령하고, 밤에는 중공군이 점령하는 치열한 전투가 벌어진다는 것이다. 양측에서 많은 사상자가 났다.

전쟁은 미국 대통령의 휴전 제의에 회담하면서 일진일퇴하는데, 유엔군이 38선을 넘어 진격하면, 북한이 '너희들은 휴전을 핑계 삼아 한 치의 땅이라도 더 차지하려고 한다'며 휴전에 소극적으로 나온다는 것이다. 그렇게 되어 전진을 못 하고 일진일퇴하다가 서부전선은 도라산과 고랑포 사이에서 1953년 7월 20일 휴전이 되었다.

# 꼬마들의 전쟁

신이는 전쟁도 끝나고 심심해졌다. 탄피 치기를 해도 재미가 없다. 그동안 전쟁 한가운데서 보낸 삼 년이 모든 것을 엄청난 자극으로 몰아 전쟁이 아니고는 재미난 것이 없어진 것이다.

아이들 모두가 그러니 각 동네에서는 산과 들에 널려있는 수류탄과 박격포탄을 가지고 놀다가 다치는 일이 잦아졌다. 그러니 포탄 가지고 노는 것은 너무 위험한 것이라는 것을 알아서 다른 놀이를 하게 되었다. 그동안 너무나 자극적인 전쟁에 노출되었다가 전쟁이 끝나 생각해낸 것이 전쟁놀이다.

산이나 들에는 전쟁의 상흔이 많이 남아있어 소총이나 실탄이 여기저기 널려있었다. 아이들이 그것을 주워서 중요 부분을 가지고 엉터리 총을 만들어 쏘다가 급기야 윗동네 아이들과 전쟁놀이를 하게 되었다.

먼저 두테비 대장 김옥성이 김 구장 둘째 아들 욱에게

"너희는 무슨 총을 가지고 붙을 거니?" 하고 물었다.

욱은 "그런 걱정은 하지 말고 너희들 가진 총 종류나 말해!" 두테비 대장은 우리는 장총에 경기관총까지 있다. 그 말에 "장소는 어디가 좋겠냐?" 하고 욱이 물었다. "장소? 장소는 우리 동네 큰길 가 야산이 좋겠다. 그 산은 해발 백오십 미터쯤 되는 산이다. 그 정상에 국기를 꽂아 놓고 그것을 먼저 차지하는 쪽이 이기는 것으로 하자. 거기서 내일 오전 11시에 붙자."

욱은 "야, 그런데 너희는 경기관총을 가지고 싸운다면 형평에 어긋나지 않니?" 그러니 옥성이 "그럼 한 자루 더 있는데 그것 빌려주면 너는 우리에게 뭐를 줄 건데?" 그 말에 욱은 "나는 권총까지 있다." 그러니 옥성이 "그럼 우리 경기관총하고 권총을 바꾸자."

욱은 "야, 그까짓 경기관총이 총이냐? 권총만 가지고 있으면 앞으로 할 일이 많을 텐데? 그러지 말고 경기관총을 우리에게 빌려줘라." "빌려주면 너는 무엇을 줄 건데?" "무엇을 주다니 권총으로 전투 신호 알리는 특전을 너에게 줄게." 옥성은 한참을 생각하더니 "그래, 경기관총은 준다. 그러니 내일 전투 때 그 권총을 나에게 빌려주어야 한다."

"염려 마, 그러나 빌려주는 거다."

다음날은 전투하는 날이다. 청석골과 두테비 아이들이 모여 야산 전투장으로 가 각각 연습부터 한다. 청석골 분대장은 신이다. 신이는 일찍 전투장인 두테비 야산으로 대원들과 같이 갔다. 대원들은 어디서 났는지 뚫어진 철모에 허리에는 군인들이 버린 실탄 반도를 찾고 떨어진 반바지를 입었다.

위에는 헤진 군복을 걸치고 눈에는 한쪽 안경알이 빠진 선글라스를 썼다. 그리고 허리에는 헌 권총을 찼다. 총은 총열을 잘라내고 노리쇠 부분만 가지고 간단히 장총을 만들었다.

총알은 안의 화약을 다 빼고 껍데기에 총알을 도로 끼워 그것을 가지고 전쟁놀이를 하기로 하였다. 경기관총도 화약을 빼고 총알만 끼운 것으로 싸우게 된다.

그런데 전쟁놀이지만 박진감 있게 하려고 기관총 알 20발은 화약을 빼지 않은 것을 쏘기로 했다. 그러니 전쟁 마당에서 허리를 펴면 절대 안 된다.

청석골 대장은 욱이고, 두테비 대장은 김옥성이다. 그들은 둘만 알고 기관총은 알을 안 뺀 것으로 쏠 것이라 일어나면 죽는다고 엄포를 놓았다. 그리고 사수에게는 사람 키 위로 쏘라고 엄명을 내렸다.

이제 날이 밝아 전투하는 날이다. 양쪽 아이들은 아침을 먹고 10시경 두테비 야산 아래로 모였다. 욱과 옥성이 산 정상에서 경기관총을 각자 반대쪽에 배치했다. 양쪽 동네에서는 20여 명이 조잡한 총을 가지고 산 아래서 태극기 먼저 빼앗는 연습을 한다.

청석골 분대장과 두테비 분대장은 친구다. 이들은 어디서 났는지 양쪽이 다 찌그러진 철모를 쓰고 위에는 헤진 군복 상의를 입었다. 밑에는 반바지를 입고 야산 소나무 밑에 착 엎드려 어느 쪽에서 먼저 사격을 하던 총소리가 나면 양측이 총을 쏘며 진격할 태세다.

이들은 1백 미터 거리를 두고 경기관총과 조잡하게 만든 M1 소총 또 칼빈과 3.8식 총을 가지고 맞 붙었다. 먼저 옥성이 욱이 빌려준 권총을 들고 큰소리로 외쳤다. "전진!" 하고 권총을 팡 쏘니 그것을 신호로 전투가 시작되었다.

신이는 "앞으로 전진! 앞으로 전진!" 하니 청석골 분대는 무릎으로 포복하며 전진했다. 그것은 말 그대로 작은 전쟁이다. 산 위에서는 기관총이 요란하게 불을 뿜어댄다. 총알이 머리 위로 씽씽 소리를 내며 날아간다.

대원들은 조잡하게 만든 총에 화약 뺀 총을 쏘는데, 기관총탄 20발은 화약 빼지 않은 실탄이니 소대원들 머리 위로 씽씽 소리를 내며 지나갔다.

그렇게 총소리도 요란하게 전쟁놀이하는데 그때 산 밑에서 "중지! 중지!" 하는 큰 소리가 들렸다. 전투원들은 누군가 쳐다보니 신이 오촌이다. 오촌 아저씨가 나뭇가지 주우려고 그 산 밑에까지 왔다가 애들이 마구 총을 쏴대니 기겁을 하고 악을 쓴 것이다.

전투원들은 야산 꼭대기까지 가 육박전이 벌어졌는데 어른이 악을 쓰니 전투를 멈췄다. 멈추고 나니 신이 오촌이 헐레벌떡 올라와서는 욱과 옥성에게 큰 소리로 "너희들 이게 뭣 하는 짓거리야?! 당장 중단하지 못해!" 하고 악을 썼다.

그렇게 해서 전투가 끝났는데 부상자가 있었다. 아무리 빈 총알이지만, 너무 가까운 거리에서 쏘니 총알이 몸뚱이에 박힌 것이다. 오촌은 그들부터 마을로 보냈다. 양쪽 마을 두목인 두테비는 옥성이네서, 청석골은 김 구장네서 치료하게 했다. 그날 저녁 욱과 신이는 김 구장에게 회초리 20대씩을 맞고 호된 야단을 맞았다.

# 서울의 핵

# 서울의 핵

[요약 줄거리]

7월의 뜨거운 여름 평택의 김욱은 미국 허드슨 연구소 한국 담당 연구원 동생 김신의 전화를 기다린다. 미국의 최대 난제는 북한 핵이다. 북한 핵을 막아야 하는데 뾰족한 해결책이 없어 전전긍긍인데, 북한은 소형 핵 개발에 혈안이 되어 북한 정보부가 미인계로 러시아 핵 과학자를 녹여 핵 소형화에 성공한다. 소형화하는 과정에서 수소폭탄 제조 기술까지 습득해 명실공히 핵 강국이 된다.

중국은 북한 소형 핵에 신경이 쓰여 미인계로 핵실험 성공을 알아낸다. 북한은 달러가 부족하니 소형 핵을 사우디에 팔아넘기려고 정보요원을 중국 정보요원으로 위장해 접근시킨다.

북한은 중국 화물선을 선원 째 사 그 화물선에 핵을 신고 사우디로 가 성능 확인을 위해 아라비아해를 거쳐 일본으로 가는 일본 유조선 밑에 2개의 핵폭탄을 붙여 인도양에 도착했을 때 폭발시킨다.

그때 1백m 거리의 미 7함대까지 폭파되는 바람에 원자력 기함 루즈벨트호의 원자로가 폭발해 거대한 버섯구름이 하늘로 치솟는다. 7함대와 호위함 수병 수천 명이 수장된다. 그 사건으로 미국은 정치와 경제가 마비된다. 그 후 어선으로 위장한 중국 정보함이 중국 국적으로 위장한 북한 화물선이 아라비아해로 들어가는 것을 알아낸다.

북한이 소형 핵을 사우디에 팔려는 것 같아 세밀히 정찰하는데 그때 사우디의 세단이 항구로 와 트렁크에서 무거운 짐을 북한 화물선으로 옮긴다. 중국 특수부대는 그때 양측의 요원을 제압해 소형 핵 3개와 금괴를 탈취하고 사우디 세단과 북한 화물선을 바닷속에 수장시킨다.

사우디 정보부와 중국 선적으로 위장한 북한 화물선은 수장된 화물을 건지려는데 번번이 실패한다. 중국 정보국 때문이다.

북한은 중국 정보국 모르게 은밀히 다른 중국 화물선을 구입해 선원을 그대로 쓰고 간부만 바꿔 소형 핵 5개를 실은 컨테이너를 사우디 어항에서 사우디 컨테이너와 바꿔치기해 사우디로부터 50억 달러를 받아낸다.

그때 이스라엘군은 시리아주재 이란 대사관의 이란 장성을 미사일로 포격해 장군이 죽으니 이란은 레바논의 헤즈볼라를 시켜 이스라엘에 미사일을 쏘게 한다.

이스라엘은 하마스를 토벌한다며 팔레스타인인을 무참히 죽인다. 그것이 세계의 뉴스거리가 되어 화면으로 그것을 본 북한 김정은이 자기 아버지가 핵 개발할 때 중국이 원조를 끊어 3백만이 굶어 죽은 것을 상기해 후티 반군을 이용해 지중해의 태풍을 이용해 바다 밑에서 수소폭탄으로 해일을 일으켜 텔아비브를 비롯해 이스라엘이 물바다가 되게 한다. 그 시각을 미리 안 후티 반군 지도자가 레바논과 시리아 또 이집트에 알려 세 나라 군대가 일시에 쳐들어가 이스라엘이 해체된다.

그때 북한은 이스라엘 핵 20개를 탈취한다. 이제 북한 핵은 50개가 넘는다. 거기다 소형 핵에 수소폭탄까지 가졌다. 미국은 사우디 정보부가 제공한 아라비아해상의 화물선을 체크하다 중국 화물선이 무엇인가를 한 것 같아 중국 정부와 흥정한다.

중국은 경제재를 풀고 대만을 넘겨주는 것은 물론 일본과 하와이 괌의 관할권까지 달라고 한다. 미국은 그러면 그 핵의 비밀을 넘긴다고 장담할 수 있느냐고 물으니, 우선 대만과 일본 관할권만 주어도 조금은 알려줄 수 있다고 운을 떼고, 그동안 수집한 비밀 50%를 알려주는데 원흉은 북한이다.

중국은 그래도 미국이 저희 말을 믿지 않으니, 어느 날 워싱턴과 뉴욕이 지구상에서 사라질 수도 있다고 겁을 준다. 미국은 질겁하고 대만과 일본 관할권을 문서화 해 준다.

중국과 미국의 그 음흉한 거래를 알아차린 미 허드슨 연구소의 김신은 곧 한반도가 쑥밭이 될 것이라고 생각해 형 김욱에게 알려 김욱이 미군들의 동태를 살핀다. 결과는 미군이 슬슬 빠져나가니 재빨리 식구들과 친구 국회의장과 같이 제주도로 간다. 결국 미국과 중국의 거대한 음모로 어느 날 느닷없이 한반도 상공에서 작은 태양이 폭발하듯 북과 남에서 핵이 폭발한다.

미국의 핵 잠수함에서 북한에 수많은 핵을 쏟아붓고 북한도 장사정포를 마구 쏴대는 중간에 핵을 남한에 퍼붓는다. 아무리 정교한 미국과 한국의 요격 미사일도 수천 발의 포탄을 막을 수 없어 서울과 경기도 경남의 공업단지가 황무지 된다. 미국은 3차 대전을 의식해 압록강과 두만강 유역 40k까지는 폭격하지 않아 북한 인구 5백만이 살아남는다.

진즉부터 중국과 미국의 음흉한 관계를 도청한 김정은은 압록강 변의 핵으로 북경과 상해 심천을 가격해 세 도시와 한국의 곳곳이 쑥밭 되게 해 놓고 자기는 러시아로 피한다.

남한의 제주도에서는 재빨리 국회의장을 대통령 권한대행으로 하는 정부를 세우고 인터넷으로 알아본 결과 전라도와 제주도 강원도 일부 그리고 수도권의 10m 지하에 있던 사람은 살아있는 것을 확인한다.

그래서 한국 정부는 전라도의 31사단 병력을 압록강 두만강 변에 배치하고, 압록강 지하 1천m에 숨긴 20기의 핵을 재빨리 제주도로 공수해 숨긴다.

그런 일이 있기 전 속초로 휴가 떠난 손 PD와 이상철 J일보 기자는 손 PD의 절친인 김웅 기자가 빨리 제주도로 피난 가라는 전화를 받고 식구들과 비행기 타려고 횡성 휴게소까지 도착하는데 캄캄한 하늘에서 별안간 태양이 빛을 발하는 것 같이 서울 쪽 상공이 환해진다. 북의 상공에서도 같은 현상이 보인다. 그들은 원주까지 왔다가 그곳 참상을 보고 놀란다.

그들은 다시 속초 민박집으로 와 홧김에 술을 퍼마시고,

상철은 너희 같은 빨갱이 때문에 한반도가 이 모양이 됐다며 딸 사라를 살려내라고 주먹다짐을 해 진흙탕 싸움을 한다. 손 PD는 반대로 너희 보수가 외교정책을 잘못해 이런 지경에 이르렀다고 소리친다.

중동전이 있기 전 미국의 유대인협회 LA부 지부장 다니엘은 이스라엘 정착촌이 국제적으로 말썽을 일으키니 조사차 방문했다가 유대인 부대원들이 형언할 수 없는 만행으로 아랍인 내쫓은 것을 보고 유대인이 천벌 받을 짓을 한다고 생각하는데 그것이 현실로 나타난다. 즉 이스라엘이 거대한 쓰나미로 없어진다. 다니엘은 이것은 신의 뜻이라고 생각하고 심판의 날이 하루하루 다가온다고 생각한다.

손 PD는 모두가 하나님의 심판을 받아 저승으로 갔으나 밥퍼 목사님은 어떻게 됐을까? 생각하다가 가평 천사의 집에 가 보니 청량리 밥 자시러 오는 사람과 최 목사의 식솔 또 봉사자들이 다 살아있는 것을 보고 역시 하나님의 은총을 받았구나 생각한다.

# 미국 허드슨 연구소

    서울의 7월은 햇볕이 따가워 사람들이 버스를 기다리다 잠시라도 햇볕을 피해 나무 그늘에 서 있다. 그렇게 더운 한여름 김욱은 거실에서 미국에 있는 동생 김신의 전화를 목이 빠지게 기다린다.

    전화 올 때가 지났는데 무슨 일이 있나?

    김욱의 동생 김신은 미국 허드슨 연구소의 연구원이다. 그는 연구원 중에도 한국 담당 특별요원이다. 김신은 오늘도 연구소로 가기 위해 집을 나서 고속도로로 내달린다. 4월이라 들판은 파란 물결을 보는 것 같고, 꽃도 만발해 벌과 나비가 춤을 추며 이꽃 저꽃으로 나풀나풀 날아다닌다. 김신은 그 대자연의 싱그러움을 보며 워싱턴 연구소 빌딩으로 가 엘리베이터를 타고 59층에 내려 사무실로 들어서니 부소장이 안녕하고 먼저 인사를 한다. 김신도 안녕하고 인사를 하고 자기 책상에 앉아 앞의 서류를 보니 북한 핵 연구라는 문구가 보인다. 이즈음 미국의 최대 난제는 북한 핵이다.

대부분 나라는 미국 말에 순응하지 않으면 경제적 압력에 굴복하는데, 북한은 요지부동 말을 듣지 않는다. 무슨 핑계를 대서라도 회담을 하려고 하면 먼저 경제 제재부터 풀어야 대화고 뭐고 한다고 말한다. 그러나 미국 정부는 먼저 핵 개발을 중지해야 제재를 풀겠다니 대화가 되지 않는다. 그런데 답답한 것이 미국이다. 미국은 왜 그렇게 북한 핵을 두려워할까? 그것은 북한이 소형 핵을 개발할까 봐 겁이 나서이다.

만약 소형 핵을 개발해 테러 집단의 손에 들어가면 뉴욕의 쌍둥이 빌딩 폭파가 문제 아니다. 뉴욕이 순간적으로 날아갈 수도 있다. 그런 두려움 때문이다. 그래서 어떻게든 북한의 핵 개발을 단절시켜야 하는데, 뾰족한 묘수가 없어 중국과 대화를 자주 한다. 그러면 중국도 자기네에 대한 무역 제재부터 풀라는 것이다.

그러나 민주당 정부는 11월 대선에서 중국 문제를 소홀이 다루면 대선에서 질 것이 불을 보듯 뻔하니 그럴 수도 없어 허드슨 연구소에 북한 핵과 중국 무역에 대해 심도 있는 연구를 하라고 재촉했다. 그러나 연구소에서 아무리 연구해도 답이 안 나와 전전긍긍이다. 그러니 자연히 김신 연구원을 쳐다본다. 김신은 그러는 그들의 시선을 의식적으로 피했다. 김신도 북한의 소형 핵이 두려운 것은 미국과 마찬가지다. 만약 북한이 소형 핵을 개발한다면 한국의 안보는 바람 앞의 등불이다.

그래서 미국보다도 더 급한 것이 북한의 소형 핵 개발을 막는 것인데 그러나 한국의 일부 국민은 한국은 미국의 거대한 핵우산 속에 있어서 아무 일 없을 것이란 안이한 생각에 온 나라가 평온하다.

김신은 그렇게 한국 정부가 안이한 생각으로 일관하고 있는 것이 못내 아쉽다. 신이 아닌 이상 한국에서의 경천동지(驚天動地)할 일이 언제 일어날지 모르는데, 한국의 보수 정권은 거꾸로 힘에는 힘이라는 논리로 일관해 만약 북한이 도발한다면 배로 응징하겠다고 떠들어 댄다.

핵도 가지고 있지 못하면서 미국의 하수인 노릇을 하는 보수 정권은 미국을 하느님 믿듯 한다. 아니 전쟁의 그림자가 한발 한발 다가오는데 보수 정권은 태연하다.

김신은 속으로 신음을 토하며 나라도 어떻게 하던 미국의 속내를 미리 알아내 한국에 알려야 하는데, 그런 생각을 하며 북의 소형 핵 개발이 정말 성공할까를 심도 있게 생각했다.

만약 미국만 소형 핵 개발을 알고 한국은 모른다면 미국이 한국 모르게 북폭할 것이 뻔하다. 그렇게 되면 한국은 지구상에서 없어진다. 땅만 있으면 무엇 하는가? 미국이 아무리 정교하게 북폭을 한다 해도 북한이 감추어 둔 핵을 다는 폭파하지 못할 것이다.

그러면 북한의 남은 핵이 다섯 발이든 열 발이든 남한의 서울과 경기도 또 경상도의 공업지대에 떨어지면 쑥대밭이 될 것이다.

그 후의 대한민국은 어떨까? 인구는 삼 분의 일로 줄고, 산업생산은 1950년대로 돌아갈 것이다. 그렇게 생각하니 아니야 나라도 어떻게 든 그런 일은 막아야 해. 그렇게 생각하고 미국의 허드슨 연구소가 어떤 결정을 취합해 행정부에 넘기나를 자세히 정탐한다.


봄도 지나 초여름이다. 점심을 먹고 나니 나른해 잠이 쏟아진다. 얼마를 잦을까? 깨어보니 사무실이 텅 비었다. 김신은 사무실 직원들이 어디 갔을까? 하고 화장실을 다녀오는데 옆의 소장 방에서 무슨 소리가 들려 귀를 쫑긋 하고 들어보니 북한 핵 이야기다.

김신은 북한 핵이 어떻게 됐기에 저렇게 소장 방에서 은밀하게 이야기할까? 문에 귀를 대고 들어보니 미국 정보기관에서 포착한 것이라며, 북이 소형 핵을 개발한 것 같다는 것 같은데 그것이 극비사항이라는 것이다. 그렇다면 김신에게도 극비로 하라는 이야기다. 김신은 그들의 말을 듣고 자기 책상으로 와 깊은 생각에 잠겼다.

만약 자기도 모르게 미 행정부가 북폭한다면 대한민국은 없어지는데 이런 때 나는 어떻게 처신해야 하나? 우선 한국 정보부에 알려야 될 것 아닌가? 아니다 한국 보수세력 정보부는 미국 정보부가 훤히 들여다보고 있을 테니 우선 한국의 형에게 은밀히 알려야 한다. 그렇게 마음을 굳히고 그해 여름 휴가는 한국으로 가기로 날짜를 잡고 휴가원을 냈다.

그런데 자기 모르게 소장과 과장이 은밀한 이야기한 생각이 나 그날은 퇴근을 늦추고 무엇인가 특별 파일이 있을 것 같아 일급비밀이라고 쓴 캐비닛을 열어보기로 마음먹었다. 일반 연구원들이 다 퇴근해도 남아 있으니 과장이 뒤늦게 나가면서 김신 씨는 왜 안 가느냐고 물어 저는 와이프와 약속이 있어 조금 늦게 가려고 하니 먼저 가시라고 하고 컴퓨터를 두드리다 시계를 보니 밤 열 시다.

그때 플래시를 들고 그동안 과장이 비밀 다이얼 돌리는

것을 기억해 둔 것으로 비밀 캐비닛을 열고 자기 파일이 들어있는 USB를 꺼내 컴퓨터에 꽂고 화면을 보고 너무 놀랐다.

자기뿐 아니고 자기 주위 사람 모두의 행적과 정신상태가 들어있었다. 그것을 보고 어렴풋이 자기 사생활도 누군가가 지켜보고 있다고 생각은 했으나, 그렇게 광범위하게 사찰하고 있으리라고는 생각지 않았다. 역시 미국은 무서운 나라라는 것을 새삼 깨닫게 되었다.

그날 뒤늦게 집에 가니 제주도 친정에 갔던 부인이 돌아왔는데 표정이 너무 어둡다. 그래서 김신이 물었다. 왜 그렇게 슬픈 표정이냐고. 부인은 그게 말하면 너무 기가 막혀 당신이 꼭 알아야 하나, 모르는 것이 좋은 것 아닌가, 해서 말하기가 그렇다고 말했다. 김신은 나 걱정하지 말고 말하라고 하니 부인은 긴 한숨을 토하고는 "그게 당신도 내가 우리 외갓집에서 자랐다는 것은 알지요?"

"그래요, 알다 마다지."

"그게 다 이유가 있어서 외가에서 자란 것이었어요. 이번에 친정 할머니 돌아가시고 나서 유품 정리하다가 우리 친가가 왜 망했나 써진 일기장 같은 것을 발견했어요."

김신은 부인의 말을 듣고 "그 일기장에 무엇이 쓰여있기에 당신이 그렇게 슬픈 표정이오?" "그게 말로는 표현할 수 없는 일을 친일 잔재들이 저질렀어요. 그것이 4월 3일 우리 할아버지가 친일 타도를 외친 것 때문에 느닷없이 들이닥쳐 이 악질 빨갱이들 하더니 경찰과 계급장 없는 군인들이 마구 총을 쏘아 우리 식구들을 다 죽였다는 것입니다. 나는 할머니 친정에 갔다가 살아났다는 것이에요."

김신은 부인의 말을 듣고 "그래, 우리 대한민국은 비극의 땅이지 나도 대강은 아니 이제 잊어요. 잊지 않으면 당신만 손해예요. 그런데 왜 그게 이제야 밝혀졌을까? 그것을 알면 당신이 나를 멀리할 것 같아 우리 외갓집에서 밝히지를 않은 거래요. 그래서 당신이 지금 그 직장도 들어갈 수 있었다고 외삼촌이 말했어요."

"그래, 이제 됐소. 우리 그런 과거는 잊읍시다."

"나는 한국의 형에게 잠깐 다녀오는 것이 좋을 것 같아요."

"아니, 왜요? 평택집에 무슨 일 있어요?"

"평택집은? 우선 서울로 가서 한국의 정정을 살펴보고 평택 집으로 갈 것이요."

"아니, 한국의 정정이라니요?"

그러니 김신은 A4용지를 꺼내 필담하기 시작했다. 부인은 의아해 필담으로 "그렇게 당신이 감시를 당해요?"

"그렇소! 그래서 말인데 그게 한국의 지금 정부는 너무 짙은 친미 정부라 좀 불안해서요."

"아니, 친미 정부가 좋은 것 아니에요?"

"아니요. 사실 미국은 북한 핵을 없앨 수만 있다면 남한도 버릴 나라요."

"버리다니요?"

"버리고도 남을 정부가 지금의 미국 정부요. 즉 한국은 다 없어진다 해도 자기네의 암이라고 생각하는 북한 핵만 없앨 수 있다면 어떤 짓도 할 나라라는 말이요. 그래서 이번 기회에 꼭 한번 다녀와야 할 것 같아요."

"그렇다면 다녀오세요."

김신은 부인과 필담을 하고 한 달 휴가로 한국행 비행기에 몸을 실었다. 얼마를 잤을까? 인천공항이라는 방송에 눈을 뜨니 인천공항이다. 공항에서 서울로 오는 길은 십 년 전에 비하면 너무 많이 변했다. 상전벽해라더니 그동안 한국을 두고 한 말 같다.

서울로 오는 동안 도로변 주위를 보니 경기도가 아니고 다 서울 같다. 그렇게 놀란 눈으로 두리번거리다 형의 큰아들 집에 도착하니 형 김혁이 마침 큰아들네 와 있다가 반갑게 맞는다. 김신이 "그동안 별일 없었지요?" 하고 물으니, 형은 "그럼, 아무 일 없지. 무슨 일이 있겠니." 김신은 "그래요! 한국에 무슨 별다른 일이 있겠어요." 그러니 형이 "아니, 그런데 네 얼굴은 무슨 걱정 있는 것 같이 그늘이 졌다."

"무슨 그늘이 져요. 장거리 여행에 지쳐 그렇게 보이는 거지요." 김신은 형 큰아들 집에서 사흘 있는 동안 주위의 친구와 옛 동료들을 만나 하루하루를 보낸 것이 반 달이 훌딱 지나갔다. 그래서 다음날은 형과 모처럼 평택 근처 저수지로 낚시를 갔다. 그런데 그 낚시터에는 이미 국회의장이 와 있었다. 그래서 김신은 "아니, 형이 어떻게 여기에?" 하고 물으니 김욱이 "그게 저놈과 나는 고등학교 때 쌍둥이 같이 지낸 사이란다. 그런데 나는 그냥 평범한 촌부가 되었고, 저놈은 지금 대한민국에서 권력 서열 세 번째 자리를 차지하고 거들먹거리지? 그래서 너에게 나도 이런 친구가 있다. 그러니 우리 같이 낚시나 하자고 부른 것이다."

"그럼 잘됐네요."

"뭐가?"

그러니 김신이 미국에서의 그동안 이야기를 하더니 A4용지에 쓴 것을 형에게 건넸다. 욱은 동생이 준 것을 힐끗 보더니 놀란 표정으로 "이것이 사실이야?" 하고 물었다.

김신은 형이 놀라니 당연하다는 표정으로 고개를 끄덕였다. 그 A4용지에 쓴 것은 '북이 마침내 소형 핵 개발에 성공한 것 같으니, 만약 미국이 주한미군을 비밀리에 빼돌리면 그 즉시 온 식구들과 제주도로 가 있으라'고 적혀있었다. 그리고 그 종이는 태워버리라고 적혀있다.

욱은 동생이 준 용지를 가지고 간 우산을 펴 그 안에서 국회의장과 읽고 라이터를 켜 종이를 태워버렸다. 그리고 호주머니에 있던 광고지에 자세히 설명하라고 써 주니 동생은 머지않아 북한이 그 소형 핵을 중동 테러 집단에 넘겨 시험해 볼 것 같은데, 그러면 어떻게든 미국이 그것을 밝혀내 북폭을 할 것이라고 썼다.

그러니 욱은 그럼 시간이 얼마 남지 않은 것 아니냐고 물어 석 달 안에는 그들이 시험을 하지 않겠냐고 썼다.

그렇게 형제와 국회의장은 북한 핵에 대해 문답을 하고 집으로 왔다. 김신은 그렇게 형에게 위급하면 제주도로 가 있으라고 하고, 한 달이 지나 미국으로 와 첫 출근 해 보니 사무실 안 분위기가 무언가 무겁게 느껴진다. 그래서 이 판사판이라고 생각하고 근무 끝나 절친인 클라크와 시내 공원으로 나와 벤치에서 시원한 맥주를 마시며 말을 나누었다.

"야, 클라크. 너희들 나 모르는 비밀 있지?"

클라크는 무슨 비밀? 김신이 모르는 것이 있다니? 그런 것 없어. 그러나 김신은 뭔가가 있다고 느꼈다. 그러던 중 어느 날 소장이 백악관을 다녀오더니 침통한 표정으로 연구소 위원들에게 새 과제를 주었다. 그것은 북한이 소형 핵을 개발했다면 제일 먼저 어디다 쓸 것인가를 연구해 보고 서로 올리라는 것이다. 연구 위원들은 바빠졌다. 지구상에 미국을 싫어하는 국가나 단체가 하나둘인가?

그런데 김신에게는 북한의 소형 핵이 대한민국에 미치는 영향에 대해 보고서를 써내라는 것이다.

그런 명령이 떨어지니 연구에 몰두하는데 중동 예멘의 후티 반군이 홍해 바다로 들어선 영국 화물선에 어뢰를 쏴 좌초하는 사건이 벌어져 서방세계가 발칵 뒤집혔다. 그렇게 되니 배들이 당분간 아프리카 희망봉을 돌아 동남아로 항해하는 배가 많아졌다는 것이다. 가뜩이나 코로나로 인해 물가가 폭등한 세계 경제 때문에 각국이 비상 상태인데?

미 국무성에서는 허드슨 연구소장을 호출해 물었다. 당신네 연구소에서는 앞으로 북이 어떤 무모한 짓을 할 것이라고 생각하나?

소장은 그것이 우리 연구원들의 의견은 아무래도 중동

의 테러 집단의 손아귀에 먼저 들어가 미국을 난처하게 할 것이라는 연구 결과가 나왔다고 보고했다.

그러나 김신 연구원은 다른 이론을 내놓았다. 즉 태평양 상의 미 6함대나 7함대가 대상이 될 수도 있다는 보고서를 냈다. 그 보고를 접한 국무장관은 어떤 근거로 그렇게 생각하느냐고 물었다.

김신은 북이 그런 소형 핵을 개발했다면 미국뿐 아니라 전 서방세계가 긴장해야 할 것이라며 그것은 서방세계가 러시아나 중국을 무역으로 압박하니 그들이 뒤에서 부추기기 때문일 것이라고 써냈다.

그 뒤 국무성에서는 중국 쪽의 동태를 하나하나 추적하고 러시아도 더 정밀 도청 장치로 도청했다. 그렇게 시간이 하루 이틀 한 달 두 달이 지났다. 그렇게 시간이 지나니 한쪽에서는 괜히 걱정한다며 북이 무슨 기술로 소형 핵을 개발했겠냐며 괜히 걱정하지 말라고 이구동성으로 말했다.

한편 중국도 은근히 걱정이다. 만약 북이 소형 핵을 개발했다면 그들이 어떤 도발을 할지 몰라 서다. 만약 어떤 식으로 든 미국을 건드리면 자기네는 무역으로 막대한 손해를 볼 것인데 그러니 어떤 대가를 치르더라도 북의 소형 핵 개발을 막아야 하고 또 개발했나를 알아내야 한다.

그래서 주북한 중국 대사에게 어떻게 던 북의 고위층 의중을 알아내 보고하라고 하달했다. 그런데 주북한 중국대사관에서는 아무리 찾아도 결정적인 인물을 찾지 못해 고민하는데 자기네 정보부의 참사관 딸이 자청해서 북의 핵실험 국장에게 접근했다.

그는 자기 아버지를 위해 헌신하기로 하고, 참사관은 자기 출세를 위해 김일성 대학 다니는 딸을 이용하려는 것이다. 그는 빼어난 미인이다. 그는 성격이 활달해 보통 사람은 말 한마디에 홀딱 빠져든다. 그 임화가 어느 날 북의 핵실험 국장의 직장 근처 커피숍에서 커피를 마신다. 핵실험 국장이 그 찻집에 자주 온다는 정보에 자연스럽게 그 찻집에서 커피를 마시는 것이다.

핵실험 국장 김정탁은 52세의 건장한 호남형 남자다. 그런데 그의 처가 자궁암 수술로 성생활이 원만치 않으니 자연히 미인 여성에게 시선을 뺏겨 침을 꼴깍 삼켰다.

그것까지 알아낸 임화는 정탁이 자주 다니는 그 찻집에서 자연스러운 태도로 차를 마신다. 어느 때는 친구와 또 어느 때는 혼자 마신다. 그러다가 화장실 가는 통로에서 그와 마주쳤는데 정탁이 화장실에서 나와 사무를 보고 저녁이 되어 자가용을 타려고 호주머니에 키를 찾다가 지갑이 없어진 것을 알게 돼 도로 사무실로 와 이곳저곳을 찾았으나 보이질 않는다.

그래서 어디 두었을까? 아무리 생각해도 화장실 갈 때 미인 여대생과 부딪힌 것밖에 생각이 나지 않아 어쩔 수 없이 그날은 그냥 집으로 왔다. 그다음 날 점심을 먹고 그 찻집을 가니 그 대학생이 창가 쪽에서 혼자 차를 마시고 있다.

정탁은 그리로 가 "학생, 혹시 어제 화장실 가는 길에서 지갑 못 봤어요." 하고 물으니 학생은 "어머, 그럼 이 지갑이 선생님 지갑이에요?" 정탁이 지갑을 보니 자기 것이라 "오- 오! 맞아요. 그런데 어떻게 이 지갑을 학생이 가지고 있어요?"

"그게 그렇게 궁금하세요? 우선 이 지갑을 찾은 인연으로 오늘 저녁을 사세요."

정탁은 그렇지 않아도 그에게 관심이 많았는데 잘 됐다고 생각하고 "사고 말고요. 그런데 그 지갑을 어데서 났어요." 여학생은 "그게 그렇게 궁금하세요? 이 지갑이 여자와 남자 화장실 갈림길에 떨어져 있었어요." 정탁은 "그것도 모르고 한참을 찾았네. 하여간 고마워요. 제가 지금 저녁 전이라 저녁을 사겠습니다." "아니에요. 차나 한잔 사세요."

"아닙니다." "저녁도 사고 차도 사겠습니다." 정탁은 왜 그에게 그렇게 고마워할까? 그것은 그가 정탁이 좋아하는 활달한 여성이었기 때문이다. 정탁은 "오늘 저녁은 제가 살테니 그 찻집에서 저녁 7시에 만나요."

그렇게 약속한 정탁은 자기 사무실로 와 흥분된 마음을 진정시키고 저녁이 되어 약속한 찻집으로 가니 대학생이 먼저 와 있다. 정탁은 "제가 조금 늦었습니다." 대학생은 "아니에요. 저도 지금 막 왔어요."

정탁은 여학생 앞 의자에 앉아 "무슨 차를 마실까요?" "예, 저는 커피로 할게요." 정탁은 "저도 이곳 커피를 좋아합니다." 그리고 심부름 아가씨에게 "여기 커피 두 잔이요." 하니 조금 있다가 커피가 나온다.

정탁과 여학생은 화기애애한 가운데 커피를 마시며 즐겁게 대화했다. 정탁이 먼저 "대학생 같은데?" 하고 물으니 학생은 "예, 김일성 미대 디자인 학과를 다녀요." 정탁은 그러시냐며 혹시 유학생 아니냐고 물으니 그렇다고 대답한다. 정탁은 그러냐며 "이름과 사는 곳을 제가 알면 안 되겠습니까?" 하고 물으니 여학생은 "저는 연변 자치구 한인사회에서 유학 왔어요." 그리고 이름이 임화라고 알려준다. 정탁은 '임화라, 임화?' 한국 동포로는 특이한 이름이다. '임

121

화' 그러나 그의 외모는 너무 아름답고 출중하다. 한마디로 빼어난 미인이다. 그래서 정탁은 "제가 오늘은 저녁도 사고 싶은데 같이 가 주시겠습니까?"

그러니 임화는 "그럼 저야 좋지요. 집에 가야 찬밥이나 먹을 텐데 저녁까지 사주시면 너무너무 고맙지요."

그래서 그들은 평양의 최고 가는 중국집으로 가 양장피에 볶음밥을 먹는다. 임화는 너무 황송해 맛있게 볶음밥과 양장피를 먹고 흐뭇한 표정으로 "선생님 정말 잘 먹었습니다. 다음에는 제가 비싼 것은 못 사고 자장면은 사드리겠습니다."

그러니 정탁은 "좋지요. 저는 자장면을 너무 좋아합니다." "그럼 내일 점심 어떻습니까?" "좋습니다." "그럼 내일 뵙겠습니다." 정탁은 "예, 잘 가요." 하고 집으로 와 깊은 생각에 잠겼다.

어떻게 내가 찾던 인물이 이제야 나타났단 말인가? 그런 생각에 임화를 보지 못한 날은 소화도 안 되고 정신이 희미해 모든 일이 손에 잡히지를 않는다.

그러니 '이것은 나를 사랑하시는 우리 어머니가 하늘나라에서 임화를 보내 주신 걸 거야. 그래 사귀어 보자.' 그렇게 생각하니 체한 것 갖던 속이 후련해진다. '그래, 나는 우리 어머니가 보내 주신 저 임화를 가져야 한다. 그래야 내가 산다. 그렇지 않으면 나는 시들시들 병들어 죽을 것이다.'

거기까지 생각한 정탁은 그날 저녁 임화에게 전화를 했다. 시간 내주면 먼저 만났든 음식점에서 기다리겠다고 하니 그가 쾌히 승낙해 그날 저녁 만나 저녁을 먹는다. 그리고 찻집에서 차를 마시면서도 그와 사귀고 싶다는 말이 나오지를 않아 애만 태운다. 그렇게 며칠이 지나니 얼굴이 앓고 난 사람처럼 핼쑥해졌다. 그러니 다음 만났을 때는 임화가 "아니, 선생님 어디 아프신 것 아니에요?" 하고 물었다. 정탁은 "아프긴?"

"그런데 왜 아픈 사람 같이 얼굴이 핼쑥해 보여요."

임화의 말에 정탁은 임화를 똑바로 쳐다보며 "그게, 임화 양 때문이지요."

"저 때문이라니요? 아니, 제가 선생님을 괴롭힌 일이 없는데 왜 저 때문이라는 거예요? 선생님 저를 놀리시는 거예요?"

"사실이에요! 나는 임화양을 하루도 보지 못하면 밥도 안 넘어가고 잠도 오지 않아요, 그래서 이렇게 계속 만나자는 거예요."

"그러다가 제가 집에 가면 그때는 어쩌시려고요?"

"그때는 내가 연변이라도 찾아가야지요."

"그러시면 안 되지요. 우리 집에서 선생님 같은 아버지뻘 되는 사람과 사귄다면 저는 쫓겨나요."

"그럼 나하고 여기 평양에 살면 되지 않아요?"

"선생님, 왜 이러세요? 저 혼사길 막히게"

"그래서 괴롭다는 거예요, 나는 임화양을 보지 못하면 얼마 못 살 것 같아요"

"그럼 뭐야, 나 아니면 선생님이 죽는다는 것 아니에요? 그러지 마세요. 저 무서워져요."

"아니에요. 그만큼 임화양이 나에게는 귀한 존재라는 뜻입니다. 그러니까 내가 만나 달라면 언제고 만나주었으면 나는 더 바랄 것이 없어요."

"그러시면 염려 마세요. 선생님이 저 아니면 삶이 무의미하시다는데, 내가 짬을 내서라도 꼭 만나야지요."

그렇게 두 달이 지났는데 그 주 토요일 오후에 정탁이 낚시를 가자는 것이다. 임화는 그러라고 따라나섰다. 임화는 정탁의 자가용을 타고 어느 산골 낚시터에 도착했다.

거기서 저녁을 먹었는데 밤낚시를 한다는 것이다. 임화는 그러시라고 하고는 민가 방 얻어 놓은 곳에서 잠이 들었는데, 잠결에 무엇인가 옆에 있는 것 같아 깨어보니 정탁이 누워있다. 그런데 그의 사타구니가 불룩하다. 그것을 본 임화는 자기도 모르게 숨이 가빠졌다. 그리고 '이게 뭐야, 아버지뻘 되는 사람의 불룩한 것을 보고 숨이 가빠지다니?'

그러나 점점 그 물건을 만지고 싶어진다. 임화양은 '그래, 장난삼아 살짝 만져 보는 거야.' 하고 손으로 그것을 쥔 순간 자기도 모르게 헉 숨이 차올랐다. 그때 정탁이 깨어 기다렸다는 듯 임화를 꼭 껴안았다. 이제 두 몸이 하늘을 둥둥 떠다닌다. 그렇게 한참을 지나고 나서 둘은 벌렁 누어 버렸다.

중국 정보부 사무관의 양딸인 임화는 아버지의 출세를 위해 헌신한 것이다. 임화로 해 중국의 정보부는 북의 소형 핵에 대한 모든 것을 어렴풋이 알게 되었다. 그리고 임화는 북에서 풍요를 누리며 살게 되었다.

# 북한 주석궁

김정은 국무위원장은 아침 일찍 일어나 주위가 컴컴하니 하늘을 쳐다봤다. 비가 오려나 하늘에 구름이 잔뜩 끼었는데 별채 앞의 나뭇가지에 까마귀가 앉아 깍깍 울어댄다.

김정은은 그 까마귀를 보고 기분이 좋지 않아 비서에게 저 까마귀를 쫓아 버리라고 말하니, 비서가 나무 위의 까마귀에 권총을 쏘니 까마귀가 아래로 툭 떨어졌다.

그것을 본 국무위원장은 빙그레 웃고 주석궁 별채로 들어섰다. 거기에는 군의 핵 담당자가 와 있었다. 그와 마주 앉은 국무위원장은 말없이 펜을 들어 A4용지에 소형 핵에 대해 질문했다. 언제부터인가 극비를 요하는 것은 필담으로 소통했다.

김정은- 지금 소형 핵의 진척 상황을 말하라!

리상식- 그게 아직은?

김정은- 무엇이 문제인가?

리상식- 핵심적인 것은 러시아의 핵 과학자의 수학 공식이 필요합니다.

김정은- 그렇다면 그 핵 과학자가 무엇을 좋아하는지 알아서 보고하라.

리상식- 알겠습니다.

그렇게 해서 리상식 주러시아 북한 대사가 알아낸 것이 핵 과학자 몰로토프는 유별나게 색을 밝힌다는 것을 알아냈다.

그렇게 되니 러시아 주재 북한 대사관에서는 몰로토프의 하루하루의 행적을 살피다가 그가 주말이면 시외 농장 겸 별장에 자주 간다는 것을 알아냈다. 그래서 주러시아 북한 대사는 어떤 여자가 적당할까를 생각하다가 북의 초대소에 근무하는 최고의 여성을 보내 달라고 평양 외교부에 알렸다. 그래서 온 여자가 '장추하'다.

북한 대사관에서는 극비로 몰로토프의 별장 맞은편에 별장을 얻어 북한 대사관 무관과 그의 가짜 부인 장추하를 그 별장으로 보냈다. 오늘은 휴일이라 북한 대사관 무관이 그의 부인 장추하와 그곳으로 와 화창한 봄날을 만끽하고 있다.

추하는 헐렁한 런닝에 짧은 반바지를 입고 별장의 텃밭을 삽으로 파고 있다. 그는 풍만한 육체의 소유자다. 유방이 불룩 튀어나왔고 허벅지를 보면 침이 꼴깍 넘어갈 만치 허여멀건 것이 남자들 구미를 당기는 아름다움의 허벅지다.

그날 몰로토프도 모처럼 마음을 다잡고 별장의 밭을 고르다가 앞집에 처음 온 부인을 보고 눈이 부셔 자꾸 쳐다봤다. 너무 아름답다. 그는 침을 꼴깍 삼키고 실실 그 부인 옆으로 가 "이 별장을 사 오셨나 보지요?" 하고 말을 걸었다. 추하는 방긋이 웃고는 "네, 이 별장을 사서 온 장추하에요. 앞으로 많은 신세를 질 것 같아요."

"신세라니요? 이웃인데 서로 도와가며 사는 거지요. 저는 몰로토프입니다. 우선 오늘은 제가 좋은 이웃을 만난 기념으로 맛있는 차를 대접하고 싶습니다. 우리 별장으로 가시지요." 그렇게 해 추하 부부는 몰로토프의 별장으로 들어갔다. 들어가 보니 밖에서 본 것하고는 판이하게 고급스럽다. 러시아 상류사회 사람들의 가구와 식기들이다. 모두 금도금을 한 것들이다.

추하는 몰로토프가 그냥 핵 과학자가 아니라 러시아 핵심 과학자라고 느꼈다. 추하는 속으로 '그래, 너 정도면 러시아 핵의 깊은 것까지 알아낼 수 있을 것이다.' 그런 생각을 하고 있는데 몰로토프가 차를 가지고 나와 "이 차가 러시아에서는 최고급 차인데 입에 맞을지 모르겠습니다." 추하는 그 차를 받아 조금 입에 대 보니 향이 짙고 맛이 달콤한 것이 보통 차가 아닌 것 같다.

추하 부부는 그것을 한 모금 마시고 "몰로토프님 고맙습니다. 저희처럼 보잘것없는 이웃에게 이렇게 좋은 차를 주셔서 진심으로 감사하게 생각합니다." 몰로토프는 추하가 진심으로 감사한다니 속으로 좋아하며 "그런데 부인은 무슨 꽃을 좋아하십니까?" 하고 물었다.

"예, 저는 모란도 좋아하지만 실지로는 장미를 좋아합니다." 몰로토프는 "그렇습니까?" 하더니 자기 정원의 장미한 그루를 삽으로 떠 추하의 정원에 심어주고, 추하의 정원에 있는 모란 묘목 한 그루를 달래 가져다가 자기 정원에 심는다.

그리고 추하네로 오더니 "저는 장추하 여사를 보고 싶으면 이 모란꽃을 보는 것으로 대신하겠습니다." 추하는 "그렇게 생각하신다니 고맙습니다."

그렇게 한 주가 지났는데 그날은 비가 부슬부슬 내렸다. 별장으로 간 몰로토프는 그런 날이면 부인이라도 있어야 하는데 부인은 파리 여행을 가 자기 혼자 있으니 너무 쓸쓸하다.

그런데 앞집의 추하에게서 전화가 왔다. "혼자 계시지

요? 그럼 심심하니 우리 별장으로 오세요. 저도 혼자입니다." 그러니 몰로토프가 얼씨구나 하고 한걸음에 추하의 별장으로 갔다. 가니 북조선에서는 이런 날 단 팥죽을 먹는다며 차 대신 단팥죽을 내온다.

몰로토프는 고맙다며 그것을 한 수저 떠먹어보니 달콤한 게 감칠맛이 나 자꾸 먹게 된다. 그래서 두 공기를 먹고 나니 그때는 커피를 가지고 왔다. 그 커피를 마셔보니 보통 커피가 아니다.

몰로토프는 "아니 여사님! 이 커피는?" 하고 물으니 추하는 예 "이 커피는 우리가 월남공화국에 있을 때 그곳에서 제일가는 커피를 선물로 받은 것입니다. 맛이 어떻습니까?" "여사님 너무 황홀합니다. 저도 커피 애호가인데 이런 커피 맛은 처음입니다." 그 커피를 마시니 먼저 먹은 단팥죽의 텁텁한 맛이 싹 가시고 개운하다.

그런데 이제는 비가 주룩주룩 더 많이 쏟아진다. 그러니 몰로토프는 여사님이 너무 좋은 커피를 주셔서 먹고 나니 좋은 음악이 듣고 싶습니다. 그러니 추하가 재빨리 요한슈트라우스의 '비엔나의 숲속에서'를 튼다. 비도 촉촉이 내리는데 비엔나의 숲속에서 왈츠 곡이 나오니 둘이는 누가 먼저랄 것도 없이 잡고 춤을 추기 시작했다.

그렇게 한참을 추고 나니 몰로토프의 춤 솜씨가 너무 대단해 추하가 자기도 모르게 숨이 가빠온다. 그것을 온몸으로 느낀 몰로토프는 추하를 번쩍 안더니 침대로 가 눕히고는 키스를 하며 애무를 퍼붓기 시작했다. 그러니 자연스럽게 추하의 몸이 열린다. 그러니 둘이는 괴성을 질러대며 하늘나라를 둥둥 떠다니는 향연에 빠지고 말았다.

그렇게 한참을 향연에 파묻히니 추하가 이것이 이승의 천국인가? 저승의 천국인가? 가늠할 수 없어 한참을 허우적거리다 정신을 차려보니 이승의 천국이다. 그는 몰로토프의 가슴에 머리를 처박고 "몰로토프! 앞으로 나를 버리지 말아요." "몰로토프는 버리다니 왜 내가 이승에서의 보물을 버려요. 아무 걱정 하지 말고 앞으로 우리 자주 만나 인생을 즐깁시다." 추하는 "나는 남편 나이가 많아 남자 없는 것이나 마찬가지예요."

그들은 그 후로 시간 나는 대로 별장으로 와 뜨겁게 몸을 불사른다. 그렇게 두 달이 지났는데, 그 주일은 몰로토프가 별장을 오지 않았다. 추하는 '왜 이 주일에는 오지 않을까' 궁금해하다가 그다음 주 나타나니 "아니, 먼저 주말에는 바빴나? 보지요?"

"예, 제가 연구하는 과제가 거의 완성단계에 있어서요."

"그럼 뭐 중요한 것을 연구하시는 분이신가 봐요."

"아니에요. 그냥 위에서 지시한 것을 연구해요. 별것도 아닙니다."

"별것도 아니면 저에게 그렇게 비밀스럽게 하실 필요는 없지 않아요."

"비밀이라니요. 남이 풀지 못하는 수학 공식 하나를 푼 것뿐입니다."

"그럼 그 공식 푼 것을 몰로토프 님은 지금이라도 여기서 풀 수 있어요?"

"그럼요."

"그럼 한번 풀어 보세요. 나는 수학 잘하는 사람을 보면 신기하더라. 우리 여자들은 수학이라면 머리를 절레절레 흔드는데 그런 것이라면 대단히 어려운 공식일 텐데 제가 보는 앞에서 한번 풀어 보세요."

그래요? 그리고는 A4용지를 가져오더니 20분 만에 풀고는 용지를 확 꾸기더니 쓰레기통에 넣었다. 추하는 속으로 '이제 됐다!' 생각하고 "정말 대단하시네요. 그렇게 어려운 것이라면서 잠깐만에 다 푸시고 너무 신기해요. 내가 그동안 수고하신 것을 치하하는 마음에서 오늘은 우리 조선의 메밀국수를 잘 말아드릴게요."

그리고는 평양 옥류관 냉면을 만들어 주니 너무 맛있게 먹는다. 그리고 커피를 마시고 몰로토프가 너무나 좋아하는 자기의 육체를 내맡기니 그는 좋다며 아우성이다. 추하는 죽다 살아난 사람같이 축 처져 "당신 정말 나하고 딱 맞는 남자예요."

그러니 몰로토프도 만족한 표정으로 "그래요. 우리는 그것이 이 세상에서 제일 잘 맞는 쌍 같아요." 그리고 저녁이 되니 추하가 또 자기를 맡겼다. 몰로토프는 이제 한 시간을 해댄다. 추하도 꽤 좋아하는 여자인데 자기가 "그만, 그만!" 하고 떨어지니 몰로토프가 회심의 미소를 짓고 '그래, 너도 나에게는 못 견딜 것이다.' 그렇게 흡족한 마음으로 자기 별장으로 갔다. 그러니 추하는 빙그레 웃고는 '남자들이란 다 저런 것이지.' 하고 휴지통을 뒤져 그 수학 푼 것을 꺼내 펴서 책갈피에 넣었다.

다음 날 아침, 그것을 가지고 자기 집으로 가 대사관 직원에게 주니, 장추하 동무 정말 큰일 하셨습니다. 이것은 국무위원장님의 표창을 받을 일입니다.

그렇게 되어 그 수학 공식이 북한 핵 개발위원회로 넘어가 개발에 들어갔으나 웬일인지 맞지를 않는다. 그렇게 되니 장추하에게 다시 지령이 떨어졌다. 이 공식 가지고는 안 되니 계속 몰로토프와 잘 지내라는 지령이다.

그리고 몇 달이 지났는데 그 주일은 몰로토프가 별장에 나타나지를 않았다. 추하는 궁금하다. 그러나 그다음 주에도 안 나타나니 진즉에 북한 대사관에서 알아 둔 몰로토프가 근무하는 연구소로 간다.

추하는 근무 마치는 직원들이 하나둘 퇴근하는데 그들을 보고 있다가 몰로토프가 나오니 자연스럽게 "아니, 몰로토프 님 아니세요?" 몰로토프도 놀라 "아니, 장 여사가 어떻게 여기에?"

"아, 그게 이 근처에 내 친구가 살아 다녀가다 이 건물과 정원이 너무 아름다워 여기서 넋을 놓고 보는 중이에요." "그러세요? 저는 아직 근무가 끝나지 않아 장 여사는 저건너 찻집에서 기다리시면 저하고 저녁이라도 하고 가시지요." "그래요. 저는 시간 많아요."

그렇게 한참을 기다리니 그가 근무 끝났다며 나타났다. 그때가 밤 열 시쯤인데 그와 저녁을 먹고 추하는 "나는 저런 사무실에서 한번 놀면 어떨까? 그런 상상을 한 적이 있어요." 그렇게 말하니 몰로토프는 약간 망설이더니 "그럽시다." 하고 자기 사무실로 추하를 데리고 들어갔다.

추하는 들어간 즉시 몰로토프 목에 매달려 "그동안 얼

마나 보고 싶었는지 알아?" 하더니 몰로토프의 바지를 내리고 그것을 애무하기 시작했다. 그리고 둘이는 괴성을 질러댔다.

그들은 한참을 그러다가 벌렁 누워버렸다. 그런데 몰로토프가 코를 골기 시작한다. 추하는 이때라고 옆의 비밀 철책장을 열려고 하니 열리지 않는다. 그래서 몰로토프의 책상 서랍을 아무리 뒤져도 열쇠가 보이지 않으니 포기하려는데 몰로토프가 끙하더니 옆으로 눕는다.

그런데 그의 무릎 안쪽에 무엇인가가 보인다. 그래서 다가가 자세히 보니 전자 키 같은 것이 스카치 테이프로 붙어서 그것을 떼려니 떨어지질 않는다.

추하는 생각 끝에 몰로토프가 담배 피울 때 지프 라이터를 켜는 생각을 하고 그의 바지 주머니에서 라이터를 꺼내 껍데기를 벗기고 휘발유가 묻은 솜을 꺼내 그 키 싸고 있는 테이프 옆을 문지르니 그 테프가 떨어지기 시작한다. 추하는 '그래, 이제 됐다.' 하고 키를 떼어내 그것으로 비밀 캐비닛을 열고 서류 뭉치를 뒤지는데 아무리 뒤져도 수학 공식 같은 것은 나오지 않았다. 그래서 오늘 날짜가 써진 서류를 일일이 작은 카메라로 찍고 다시 캐비닛을 잠그고 키는 다시 몰로토프의 무릎 안쪽에 붙였다.

그리고 그의 옆에서 자는 척 드러누웠다. 얼마나 시간이 흘렀나? 몰로토프가 일어나 깨운다. 추하는 억지로 일어나는 척 아니 "왜 깨워요. 나 너무 피곤해 못 일어나겠어요."

몰로토프는 "그래도 일어나야 해요. 조금 있으면 경비가 들이닥쳐요. 그럼 큰일 납니다." "그래요? 그럼 일어나야지요." 그들은 그렇게 해서 일어나 막 나오려는데 경비에게 들키고 말았다. 경비가 큰소리친다. "아니, 당신 핵 과학자가 이렇게 늦은 시간에 왜 여자와 여기 있습니까?" 그러니 몰로토프가 "경비반장님, 한 번만 봐주쇼!" 내 이렇게 사정할 게 하며 손을 비빈다.

"안 돼요. 일단 10시 넘었으니 이유서를 써내야 합니다." 그러면서 실실 웃으니 몰로토프가 알았다는 듯 호주머니를 뒤져 50루블짜리 한 장을 주니 "빨리 나가시오. 조금 있으면 경비 대장이 옵니다." 몰로토프는 알았다고 추하와 재빨리 밖으로 나와 헤어졌다.

추하는 그길로 북한 대사관으로 가 작은 카메라를 주고 그 안에 무엇이 들었는지 검사해보라고 하고 집으로 와 잤다. 북한 대사관 무관은 그것을 재빨리 북한 핵 개발본부로 보냈다. 개발본부에서는 그것을 자세히 분석한 결과 너무나 귀중한 것이라며 이것을 어떻게 구했냐고 묻는다.

정보요원은 추하 동무가 몸을 바쳐 구한 것이라고 이야기했다. 그리고 얼마를 지나니 추하에게 북으로 오라는 전갈이 왔다. 추하는 '왜 오라고 하나?' 하고 평양으로 와 집에도 들르지 않고 김정은의 주석궁 특실로 들어서니 정은이 "추하 동무, 큰일을 하셨습니다. 추하 동무는 우리 인민공화국의 애국자입니다. 그래서 추하 동무가 원하는 것은 무엇이든 들어줄 것입니다. 그러니 말씀만 하십시오." 추하는 "정은의 말에 저는 원하는 것 없습니다. 그래서 도로 러시아로 가 조국에 봉사하고 싶습니다."

"허허, 정말 애국자입니다. 염려하지 마시고 러시아로 가십시오." 그렇게 되어 추하는 도로 주러시아 북한 대사관에 근무하게 되었다. 그 후 북한 소형 핵 개발팀은 추하가 준 첩보 카메라에 찍힌 수학 공식을 풀다가 너무나 기막힌 것을 발견했다. 즉 소형 핵은 물론이고 수소폭탄 제조 공식까지 들어 있었던 것이다.

그래서 우선 소형 핵부터 만들고 수소폭탄도 만들었다. 이제 김정은은 세상에 무서운 것이 없다. 그러나 우선 달러가 부족하니 이 소형 핵을 어디다 팔까? 하다가 돈 많은 사우디아라비아를 떠 올렸다.

사우디아라비아는 이웃 이스라엘이 핵 가지고 있는 것이

항상 신경이 쓰였다. 그러나 어느 나라도 핵을 판다는 나라가 없었으니 고민에 빠져있는데, 정보기관으로부터 누가 핵을 판다고 하니 만나보는 것이 어떻겠느냐고 물어 왔다. 살만 왕세자는 그것이 누구든 자기와 만나게 하라고 명령하고 기다렸다.

한편 김정은은 핵 담당에게 "정말 우리가 처음 만든 것 맞습니까?"하고 물었다.

핵 담당자는 "저는 자신 있게 말씀드릴 수 있습니다. 세계 여러 나라가 지금도 소형 핵에 관심이 많아 서로 먼저 개발하려고 핵 과학자들이 온 힘을 쏟고 있습니다. 만약 어느 나라든 개발했다면 지금 온 세계가 들끓을 것입니다. 그것은 그 핵이 세계에서 제일 비싼 상품일 테니까요."

"제일 비싼 상품이라니요?" 김정일이 그렇게 질문하니, 핵 과학자는 "만약 어느 나라건 진즉에 소형 핵을 개발했다면 먼저 그것을 세계의 최고 부국인 사우디에 팔려고 하지 않겠습니까? 그러니까 우리도 먼저 사우디 의중부터 알아봐야 합니다." "그러는 것이 좋겠습니다. 하여간 정보국에 연락해서 잘 알아보라고 하세요." "예, 그렇게 하겠습니다."

\*

북한 주 중국 대사관에서는 북한 정부가 뭔가 큰 무기를 개발하려고 혈안인 것 같은데 그것이 무엇인지 알아보려고 혈안이 되어있었다. 그래서 주북한 중국 대사관 참사관을 불러 당신이 큰일을 해주어야 하겠다며 대사관의 꽃인 '손화'를 리상식 북한 핵 과학자에게 접근시켰다. 리상식의 근황을 자세히 알아본 결과, 그가 아침마다 운동으로 달리기를 한다고 알려왔다.

그 소식에 손화는 다음 날부터 북의 핵 과학자들의 숙소 근처로 달리기를 한다. 그렇게 한 달이 지난 어느 날 리상식이 자기와 같은 코스로 달리기하는 손화를 본다. 리상식은 손화를 본 순간 '아하, 저 여자다. 저 여자!' 그리고 손화가 뛰는 코스로 자기도 매일 뛴다.

그렇게 되니 자연히 둘이 마주칠 때가 많아졌다. 그러다가 벤치에 앉아 쉴 때가 많으니 자연히 둘이 말을 하게 되었다. 리상식이 "아니, 학생 같은데 매일 운동을 하세요?" "예, 저는 공부 잘하려면 우선 체력이 강해야 한다고 생각해 운동부터 합니다. 공부는 그다음이지요."

리상식은 "그렇습니까? 훌륭하십니다." "뭐가요? 아니 보통 학생들은 운동보다 공부가 먼저라고 머리 싸매고 공부하는데, 학생은 공부는 그다음이고 체력이 먼저라 운동하신다니 내가 신선한 느낌이 들어 좋습니다. 학생이 시간 있다면 내가 차라도 사고 싶습니다." "차 좋지요."

그렇게 되어 둘이는 가끔 찻집에서 차를 마시며 점점 가까워지는데, 어느 날부터 리상식이 운동을 하러 나오지 않는다.

손화는 '이게 어떻게 된 거야' 의문을 품었지만, 매일 달리기를 이어갔다. 어느 날 리상식이 나타나니 "요즈막은 바쁘신가 봐요?" 리상식은 "바쁘다기보다 수학 공식 하나를 푸는 데 그렇게 많은 시간을 허비했습니다." "그러세요? 무슨 수학 공식인데 그렇게 오랜 시간을 허비하셨어요. 저도 수학에 관심이 많아 웬만한 수학 공식은 다 아는데, 그 수학 공식은 특별한 것인가 보지요?" "특별한 것도 아니에요. 풀고 보니 별것도 아닌 것을 그렇게 오래 걸렸습니다." "그럼 이제 한가하시겠어요?" "그래요."

"그래서 이야기인데 우리 저 금강산 구경 안 하실래요?" "금강산이요? 네 제가 그 공식을 풀고 나니 휴가를 준다고 하여 금강산을 2박 3일 다녀오기로 했습니다. 손화 씨가 가신다면 제가 모든 편의를 돌봐드리겠습니다." 손화는 "어머, 선생님이 저를 금강산 구경시켜 주신다고요? 저야 너무 황송하지요." 그렇게 되어 둘이는 금강산 관광길에 올랐다.

둘이는 그동안 친할 만치 친해졌으니 자연스럽게 한 방을 쓰게 되었다. 리상식은 40살 손화는 22살이다. 그런데 둘이는 부부 같이 자연스럽게 같이 행동한다. 그러는 동안 손화는 리상식의 모든 물건 옷 가방 신발에 조그만 칩을 부착했다.

그렇게 서로의 일에 만족한다고 생각하는데, 중국 대사관에서는 만족한 것을 얻지 못하니 다시 손화에게 지령을 내렸다. 혹시 리상식이 손화 모르게 가는 곳이 있는지 알아보라는 지령이다. 손화는 다음 날부터 다시 달리기를 시작했다. 그렇게 일주일이 지나도 리상식이 보이질 않는다.

손화는 리상식에게 '무슨 일이 있나?' 그리고 계속 달리기를 했다. 그러다 리상식은 한 달 만에 나타나니 손화는 놀라는 것처럼 "아니, 선생님. 어디가 아픈 것 아니에요?" 하고 물었다. 리상식은 "아프긴요? 이제 맘 편히 쉬어도 됩니다." 손화는 "마음 놓고 쉬다니요? 그럼 그동안은 마음이 안 편하셨다. 그런 말이네요." "아니에요. 그동안은 안 풀리는 것이 있어 상부로부터 채찍질을 당했는데 이제 그것이 다 끝나 마음이 가볍다는 뜻입니다."

"그럼 오늘은 제가 소주라도 한잔 사야겠네요." "아니에요. 손화양이 그렇게 저를 생각하신다면 제가 오늘은 기분도 가볍고 하니 저녁과 포도주를 한잔 사겠습니다."

그렇게 되어 둘이는 포도주를 곁들여 저녁을 먹었다. 저녁을 먹고 손화는 "선생님이 저녁과 술을 샀으니 다음은 제가 좋은 곳으로 안내해야 겠네요?" "좋은데요?" "왜요, 싫으세요?" "아니에요, 그럼 저를 따라오세요." 그리고 간 곳이 중국 대사관에서 마련한 은밀한 요정이다. 물론 중국식 요정이라 그곳에서는 춤도 자유로 출 수 있다. 그러니 둘이는 누가 먼저랄 것 없이 블루스를 추기 시작했다.

그렇게 추니 자연히 리상식의 숨이 가빠온다. 그것을 눈치챈 손화가 머리를 리상식의 가슴에 살며시 묻으니, 리상식은 이것이 꿈인가 생시인가 하다가 그를 요정 밖의 정원으로 가 키스를 퍼붓기 시작했다. 그러다가 요정 잔디밭에서 정사를 벌였다.

리상식은 생전 처음 야릇한 정사를 하고 "손화, 나는 진정으로 손화양을 사랑합니다." 손화는 "저도 선생님이 너무 좋아요. 나이는 위라도 오히려 노숙하셔서 품위가 있으시고 너무 좋아요." 리상식은 희희낙락(喜喜樂樂)이다. 어쩌다 저렇게 순수하고 요염한 숙녀를 만나 연애를 하게 되다니, 또 상부의 지시도 원만히 풀렸고 요사이는 말년에 내가 운이 트이는 것인가?

하여간 기분이 좋으니 손화에게 "손화양, 앞으로 어려운 일이 있으면 나에게 다 이야기해요. 그러면 내가 할 수 있는 것은 다 들어주겠습니다." 손화는 "어머! 그러다가 제가 하늘의 별을 따다 달라면 어쩌시려고요?" "아니에요. 별이라도 따다 달라면 따다드리겠습니다."

"선생님, 빈말이라도 고마워요." "빈말 아닙니다." 손화는 "그렇다면, 선생님이 점점 더 좋아지는데 그러다가 같이 살자고 하면 어쩌시려고요?" "그럼 같이 살면 되지. 아니 그렇게 굳은 결심을 할 수 있으세요?" "그렇다마다요." 둘이는 그렇게 사랑놀이를 하다 헤어졌다. 그런데 다음 주가 되니 그가 나타나질 않는다. 손화는 그에게 무슨 일이 있나 궁금하다.

그런데 2주일 만에 나타나 "손화, 미안해! 내가 특별히 출장을 다녀왔어. 그래서 못 나왔어." "그러시면 미리 연락이라도 하셨어야지요." "그것이 내가 근무하는 곳이 좀 비밀스런 곳이라!" "어머, 그러시면 선생님 직장이 좋은 곳인가 봐요." "좋다기보다 정신노동이 심한 곳이지." "그러시면 저도 한번 구경시켜줘요." 그런데 다음 날부터 나타나지를 않는다.

중국 대사관 무관실에서는 리상식의 곳곳에 붙어있는 전자 칩에서 발신하는 곳을 은밀히 내사한다. 그런데 그것이 함경북도 깊은 산골이다. 중국 대사관 무관은 농민으로 변장하고, 리상식이 간 산골을 가 먼발치서 그곳을 사진으로 담아와 대사관 핵 담당하고 은밀히 조사한 결과, 그곳이 핵실험 장소인 것을 밝혀냈다.

그리고 하루가 지났는데 그곳에서 작은 핵폭발이 감지되었다. 북한이 소형 핵을 개발한 비밀이 고스란히 중국 측에 넘어간 것이다. 그리고 석 달이 지났는데 북한 민간회사에서 중국의 화물선을 사고 싶다는 보고가 들어왔다. 중국 정보국에서는 저 민간회사가 왜 중국 화물선을 사려고 할까 생각하다가 그래 저들이 무엇을 하려고 중국 화물선을 민간회사를 시켜 사려고 하는지 알아봐야지 생각했다.

그래서 중국 거래처에 적당한 화물선을 그들에게 팔라고 하니 북한 것들이 그 화물선을 꽤 비싼 값에 샀다는 것이다. 북한 정보국에서는 소형 핵은 개발했으나 실전에 써 보고 싶어 은밀히 작전에 들어갔다. 그래서 중국 화물선을 사고 선원도 간부 두 명 빼고 나머지는 중국인으로 채웠다. 그렇게 중국 국적의 화물선으로 위장해 국기도 중국 국기를 달고 다닌다.

그리고 중국 말 잘하는 정보국 정예 요원을 은밀히 사우디 정보국에 접근시켰다. 사우디 고위층 정보국에서는 중국 측 고위층이 접근 중이라고 알려왔다. 그래서 알아본 결과 중국 정보국 요원은 신분이 밝혀지지 않은 사람이라는 것이다.

사우디 정보국에서는 중국 대사를 불러 왜 당신네가 비밀 정보요원을 우리에게 접근시키느냐고 물으니, 자기네는 그런 일이 없다는 것이다. 그러니까 그 사람들은 가짜라는 것이다. 사우디 정보국에서는 중국 정보부원에게 당신들은 가짜니 앞으로 우리 정보국에 얼씬도 말라며 쫓아버렸다.

그런데 그중의 한 중국 정보원이라는 사람이 정 그렇게 못 믿는다면 우리가 당신들에게 팔려는 것이 무엇인지나 알고 이야기하자며 꺼낸 것이 소형 핵이다. "그러니 우리를 의심하는 것은 당연합니다." 어느 나라도 개발하지 못한 소형 핵을 부국인 사우디에 사라고 타진하니 사우디 정부가 놀란 것이다. 가짜 중국 정보원은 "당신들이 그 소형 핵에 관심이 있다면 실험할 기회를 줄 테니 어떻게 실험하는 것이 좋은가? 그거나 일주일 안에 알려주시오."

사우디 정부는 이웃 이스라엘이 핵보유국이라 항상 편치 않았는데 그런 제안이 들어오니 우선 실험해 봐야 산다, 안 산다를 결정할 것 같아 당신들이 어떻게 실험할지를 알려달라고 오히려 반문했다.

가짜 중국 정보국 직원은 그렇다면 우리는 아라비아해를 항해하는 일본 유조선에 그 비밀 무기를 부착해 유조선이 인도양으로 나가면 그때 폭파해 보면 어떻겠느냐고 말했다. 만약 그것이 성공하면 먼저 그 소형 핵 값 반은 지불해야 한다고 하니 그러라고 한다. 사우디는 항상 이스라엘 핵에 신경이 쓰여 편치가 않았는데 이참에 소형 핵을 확보한다면 얼마만큼 마음을 놓을 수 있지 않을까 해서 거래를 하려는 것이다.

# 거대한 음모

오늘도 아라비아해는 예멘 후티 반군의 테러로 유조선들이 숨죽여 가며 항해한다. 희망봉으로 가면 운행 비용이 많이 드니 약삭빠른 일본 유조선이 설마 하고 지나간다.

그것을 지켜보고 있는 세 척의 화물선이 있었으니 한 척은 중국 정보부 화물선이고, 한 척은 북한의 위장 중국 화물선이다. 그리고 하나는 사우디 정보함이다. 북한 화물선에서는 아침부터 아라비아해로 지나가는 유조선들을 하나하나 살피고 있다.

그러다 일본 유조선이 지나가니 재빠르게 잠수부로 위장한 북한 UDT 대원이 소형 핵을 운반해 유조선 중간 배 밑창에 부착했다. 그것을 모르는 일본 유조선은 유유히 아라비아해를 빠져나와 인도양에서 안도의 한숨을 후 쉬고 본사에 아라비아해를 무사히 빠져나와 인도양에 있다고 보고했다. 그리고 인도양 저편에 있는 미 7함대에 일장기로 인사를 했다.

미 7함대는 위용을 자랑하며 후티 반군 테러 진압을 위해 레이더로 후티 반군의 소형 배들이 드나드는 것을 정찰하는데 100m 떨어진 곳으로 일본의 30만 톤 유조선이 유유히 지나가며 일장기로 인사를 하니 미 기함에서도 성조기를 흔들어 인사했다.

그렇게 몇 분이 지났는데 별안간 바다 위 일본 유조선에서 굉음을 울리며 버섯구름이 솟구쳤다. 그 바람에 옆의 미 7함대 원자력 기함 루즈벨트 호가 폭발해 더 큰 버섯구름이 하늘로 치솟았다. 그리고 루즈벨트 기함과 호위함의 수병 7천 명이 수장되었다.

그 순간 중국 화물선과 북한 화물선 또 사우디 정보부함이 그 근처를 배회하다 그것을 본 세 나라 선원들은 너무 놀랐다. 그중에도 제일 놀란 것이 중국 화물선 안의 중국 정보요원들이다. 다음이 사우디 정보국 요원이다, 그다음 북한 요원들은 이미 알고 있었으니 놀라지 않았으나 실전에서의 핵폭발은 또 다른 감동을 주었다.

이제 다음은 사우디가 답할 차례다. 북한은 이제 득의만만하다. 이제는 너희가 우리가 하자는 대로 따라야 할 것이다. 그렇게 생각하고 중국 정보부로 위장한 북한 정보부원은 이제 약속한 핵은 언제 인수할 것이냐고 물었다. 사우디 정보국에서는 세 개는 당장이라도 매입한다고 답했다. 북한 화물선은 북한으로 와 화물칸의 한쪽 철판을 잘라내고 그 속에 소형 핵 세 개를 넣고 전기 용접했다. 그리고 화물을 싣고 사우디로 향했다.

*

미국은 온 나라가 발칵 뒤집혔다. 7천 명의 승무원 가족들은 실상을 밝히라며 그렇게 자랑하든 7함대가 순간적으로 살아질 수 있냐며 대통령이 책임지라고 아우성이다.

대통령이 책임지지 못할 거라면 정권을 내어놓으라고 온 나라가 들끓는다. 대통령은 대통령대로 CIA 국장에게 물었다. "어떻게 우리 미국이 이렇게 속수무책으로 당할 수 있습니까?"

CIA는 비상이 걸렸다. 30만 톤의 일본 원유 탱커가 폭파된 것이 문제가 아니라, 무언가 큰 폭탄이 터졌고 그것이 자기네 원자력 기함을 폭파했다. 원인을 밝혀야 한다. 그 폭탄이 무슨 폭탄일까?

그렇게 미국 조야가 발칵 뒤집혔는데, 미국 원자력 위원회에서는 무언가 이상하다며 미 7함대가 수장된 바다로 가

방사능 검사를 하니, 방사능 수치가 핵실험 했을 때의 수치와 똑같이 나왔다. 그러니까 핵이 일본 유조선에서 터져 미 7함대의 핵 발전소까지 폭발했다는 것이다. 그렇게 되니 일본 외무성에 항의했다. 일본 외무성에서는 할 말을 잃었다. 뭐가 어떻게 되어 자기네 유조선에서 핵이 터졌는지 알 수가 없다.

아무리 정보국에서 백방으로 알아봐도 순간적으로 유조선이 폭파되어 살아남은 사람이 없으니까 말이다. 그래서 일본은 미국에 당신네 정보통을 총동원해 잘 알아보라고 했다. 미국은 그러는 일본을 의심할 수가 없다. 그렇다면 어느 나라가 핵을 가지고 장난을 쳤단 말인가?

혹시 중국이? 하고 중국 외교부에 알아보니 아니 어떻게 그런 질문을 자기네에게 할 수 있냐며 관세를 올리고 싶으면 그냥 올리라고 호통을 쳤다. 왜 자기네가 세계 무역 질서를 어지럽히냐며 자기네는 아니라고 펄쩍 뛴다. 이제 미국 정부는 뭐를 어떻게 해야 하나 갈피를 못 잡고 우왕좌왕하니 주식시장이 요동쳤다. 공황 상태가 되어 제2의 공황이 오는 것 아닌가? 하고 온 나라가 술렁였다.

그러나 중국은 느긋하다. 중국은 모든 것을 알고 있었으니 더 지켜보면 저들이 어떻게 할 것인가를 알 것이다. 그

152

리고 북한 화물선의 동태만 세밀히 살핀다.

그런데 일본 유조선이 폭파된 지 석 달 만에 그 화물선이 진남포 항을 떠나 중국 청도에서 화물을 싣고 홍콩을 거쳐 아라비아해로 들어서는 것이다. 중국 정보부는 긴장했다. 저 북한 화물선이 왜 또 아라비아해로 들어설까? 그래서 세밀히 정찰하는데 그 화물선이 사우디의 조그만 어항에 입항한다. 그렇다면 저 안에 틀림없이 작은 핵 탄이 들어 있을 것이다. 그러니까 소형 핵폭탄을 사우디에 판다는 의미다.

그러면 아주 비밀리에 거래할 것이다. 라고 생각하고 위장 소형 어선을 그 작은 어항에 정박시키고 동태를 살피는데 어느 날 밤중에 사우디 측에서 고급 승용차가 어항으로 들어온다.

그것을 가까운 어선에서 자세히 지켜보고 있던 중국 정보부. 그런데 그때 북한 화물선에서 뭔가가 내려진다. 아주 조심스럽게. 그것을 본 중국어선의 특수요원은 재빨리 사우디의 세단과 북한 화물선으로 급습해 화물을 빼앗고 배와 자동차는 수장시켰다.

감쪽같이 두 나라 귀중품이 사라졌다. 사우디의 세단에서는 금괴가 사라지고 북한의 화물선에서는 소형 핵 탄이 사라졌다. 그렇게 되니 북한 정보부는 발칵 뒤집혔다. 누가 미리 알고 금괴와 핵 탄을 감쪽같이 가져간 것이다. 그래서 사우디 정부에 그때 아라비아해상에 어떤 배가 있었나 조사해 보라고 하니, 중국 화물선과 어선이 있었다는 것을 알아냈다.

북한 정보부는 그렇다면 틀림없이 중국어선이 핵과 금괴를 탈취한 것으로 확신했다. 그러니 다음에는 우리 화물선의 중국 뱃놈들은 쫓아내고 연변 거주 동포로 바꾸려고 은밀히 선원을 하나둘 바꾸기 시작했다.

이제 감쪽같이 위장 중국 화물선이 되었다. 너희 중국 정보부가 우리 의중을 미리 알고 10억 달러나 챙겼다. 나쁜 짱깨들! 그렇게 생각하고 다시 사우디 정부와 접촉했다. 금괴를 잃은 사우디 정부와 위장 북한 정보부는 비밀회담을 하지 않을 수 없게 되었다.

그래서 위장 중국 외교부의 정보담당 차관이 나섰고 사우디에서는 살만 왕세자가 직접 나섰다. 나서서 회담한 결과 위장 북한 정보부 측에서는 우선 세 개의 소형 핵 값으로 10억 달러를 내어놓으라고 말했다.

살만 왕세자는 "아니, 당신네는 물건도 넘기지 않고 무슨 말이냐!" 큰소리치니 위장 정보국은 "그렇다면 그 화물선을 인양해 조사하면 될 것 아니냐." 하기에 사우디도 그게 좋겠다고 하고 화물선을 인양했다.

5일 만에 인양된 화물선을 세밀히 조사한 결과 그 화물선은 중국 것이 아니라는 것이 밝혀졌다. 그러니까 사람만 중국 사람이고 배 안의 모든 것은 중국 것이 아니라는 것이다. 제일 답답한 것이 사우디다. 그러던 어느 날 이란 특사가 만나자는 전갈이 왔다. 그래서 살만 왕세자는 왜 만나자고 하느냐고 물으니 그 소형 핵 때문이라는 것이다.

살만 왕세자가 깜짝 놀랐다. 그렇다면 그 소형 핵이 이란산이라는 것이냐고 물었다. 이란은 아니라며 그러니까 만나자는 것이다. 그래서 이란 특사를 만나니 특사는 솔직히 말하라며 사우디가 소형 핵을 사려고 한 것은 맞지 않느냐고 물었다.

그러니 사우디 왕세자가 말하지 않을 수가 없어 그렇다고 솔직히 말하니, 그렇다면 우리가 중재해 그것을 구해줄 테니 어떠냐고 묻는다. 사우디는 그러면 그 소형 핵이 어느 나라 것인지부터 알리라고 말했다.

그러니 이란은 그것은 극비라 알려주지 못하니 갖고 싶지 않다면 없던 일로 하자고 한다. 사우디는 진퇴양난에 빠졌다. 그러나 일단 사려고 한 것이니 사겠다고 하고 언제

넘기겠냐고 하니 사우디가 날짜를 잡으란다. 그러면서 빨라야 석 달은 걸릴 것이라고 말했다.

그렇게 되어 석 달이 지난 어느 날 사우디의 제일 큰 무역항에서 중국 화물선에서 내려진 컨테이너가 감쪽같이 바뀌는 일이 벌어졌다. 사우디는 소형 핵을 다섯 개 보유하게 되었다. 그리고 중국어선으로 위장해 핵을 판 북한은 50억 달러를 챙겼다.

이제 소형 핵에 대한 정보는 사우디와 이란이 좌지우지하게 되었다. 그러나 엉뚱한 곳에서 그 비밀이 자라고 있었다. 그곳은 북경주재 미 대사관이었다. 미 대사관에서는 왜 중국 화물선이 그 근처를 배회했느냐고 다그쳤다. 그러니 중국은 그것은 사우디로 가는 화물을 싣고 있었으니 의심되면 사우디 정부에 직접 확인하라고 말했다.

미국은 사우디에 문의한 결과 중국 측 주장이 맞는다고 알려왔다. 중국은 미국에 너희들이 그렇게 그것을 알고 싶다면 우리의 주장을 먼저 들어주면 우리가 아는 정보를 넘기겠다고 제안했다.

그때 이스라엘과 팔레스타인 하마스가 더 치열하게 전투를 했다. 팔레스타인 민간인이 하루에 수백 명씩 죽었다. 그래 이것은 도살이다. 즉 무차별 학살이다. 아이 여자들이 무참히 죽어갔다. 보다 못한 후티 반군 지도자 모하메드 압둘라는 명석한 머리의 소유자로 일본 유조선 폭파를 생각한 끝에 이것은 혹시 북한이 개입된 것이 아닐까 의심해 밀사를 북한으로 보내 우리가 이스라엘을 응징할 테니 신무기를 달라고 요청했다.

북한외교부 정보국에서는 그 후티 밀사를 김정은에게 인사시켰다. 그것은 정은이 스위스에서 공부할 때 자기 아버지 김정일이 개발하던 핵 때문에 중국이 식량 원조를 끊어 3백만의 인민이 굶어 죽은 것을 알기 때문이었다. 정은이 그때 그 소식을 접하고 얼마나 많이 울었던가? 어떻게 아무 죄도 없는 사람들을 굶게 내버려 둔단 말인가? 이것은 살인이다? 나쁜 중국 놈들? 만약 내가 지도자가 된다면 그런 일은 절대 없을 것이다.

그런데 지금 자기가 북의 실질 권력자로 팔레스타인 어린이와 부녀자들이 무참히 굶어 죽는 것을 보고 있다. 김정은은 그들을 구해야 한다는 사명감에 빠졌다. 구호물자를 실은 트럭을 이스라엘군이 가자지구로 못 들어가게 폭격해 팔레스타인 아동들이 굶어 죽는다는 뉴스를 접한 정은은 눈물을 뚝뚝 흘렸다.

정말 미국과 이스라엘은 지구상에 있어서는 안 되는 것

들이라고 생각했다. 그때 외무성에서 후티 반군 지도자가 알현을 청한다고 전해와 만나보기로 하고 주석궁 특실에서 모하메드 압둘라를 접견했다.

모하메드 압둘라는 정은을 보고 눈물을 주르르 흘리며 "내가 조선 민주주의 인민 공화국 인민이 지난날 3백만이 굶어 죽은 것을 잘 안다"며 "우리 팔레스타인 인민을 구해야 하지 않겠냐"고 눈물로 호소한다면서 신형 폭탄을 달라고 요청했다.

정은은 그의 말에 눈물을 흘리며 알았다고 같이 눈물을 흘렸다. 정은은 우리도 90년 고난의 행군 때 그런 일을 당했다며 후티 반군 UDT 정에 부대원 10명이 필요하다고 말했다.

모하메드 압둘라는 알았다며 그럼 언제까지 기다리면 되겠냐고 물었다. 정은은 앞으로 15일 있다 알려준다고 답하고 배웅하며 보냈다. 그런데 이스라엘과 하마스의 전쟁이 더 치열해졌다.

그런 가운데 레바논의 헤즈볼라까지 전쟁에 개입하니 역부족을 느낀 이스라엘이 이성을 잃어 마침내 악수를 두고 말았다. 즉 시리아주재 이란 대사관에 이란 특수군 장군이 있는 것을 이스라엘 정보기관 모사드가 알아내 폭탄을 투

하한 것이다. 이란 장군은 현장에서 즉사했다. 그러니 온 세계가 중동에서 큰 전쟁 일어나는 것 아닌가? 해서 경제는 마비되고 큰 혼란에 빠졌다.

이제 일을 수습할 나라는 미국과 중국이다. 그때 주미 중국 대사가 미국 펜타곤에 나타났다. 중국 대사는 미 국무장관에게 대뜸 그래 그동안 이스라엘을 지지한 게 옳다고 생각하시오 하고 소리쳤다. 이제 미국이 수세에 몰렸다. 미국은 인도양의 미 7함대에 신경을 쓰다가 이제는 온 세계가 전쟁에 휘말리게 돼 인도양의 핵은 쏙 들어갔다.

그러는 사이 이스라엘에는 미 국무장관이 날아와 당신네와 우리는 이제 외교 관계를 끊을 때가 됐다고 통보했다. 그런데 텔아비브에서는 10만이나 되는 시민들이 밖으로 나와 네타냐후 물러가라고 데모했다.

그러니 네타냐후는 내각을 이끌고 텔아비브로 와 우리는 이 전쟁을 끝내고 물러날 테니 그때까지만 기다려 달라고 데모 군중에 호소했다. 그러나 시민들은 당장 물러나라고 아우성을 쳤다. 이제 네타냐후 정부는 권력을 내놓느냐 전쟁을 끝내느냐 갈림길에 서 있다. 그렇게 정정이 어수선하니 지중해에 접한 이스라엘의 해상 방어선이 느슨해졌다.

그 상황을 멀리 북의 김정은이 알고 있었다. 정은은 좋은 수가 나올 것 같기도 한데 어떻게 하는 것이 좋을까? 깊은 생각에 잠겼다. 그런데 핵 과학자가 면담을 요청했다. 그를 주석궁으로 들어오라고 하니 저녁에 그가 주석궁으로 들어왔다.

정은은 "과학자 동무, 무슨 좋은 수가 있습니까?" "좋은 수라기보다 국무위원장님이 무슨 생각을 하고 계시는지 몰라도 수소폭탄 실험은 우리 땅에서는 하지 못합니다." 그러니 김정은은 "그게 무슨 말요? 우리 땅에서는 못한다니?" "예, 그것이 수소폭탄의 위력은 히로시마 원폭의 1천 배의 위력이라 우리 땅에서 하면 세계가 다 알게 되고 그러면 미국이 가만히 있지 않을 것입니다. 어떤 구실을 붙여서라도 우리 공화국에 핵을 쏠 것입니다."

그러니 김정은은 "그럼 어떻게 실험하면 되겠습니까?" "그것이 지금 중동 정세가 풍전등화와 같지 않습니까?"

"그래서요?" "그래서 제 생각은 어제 미 상원의원이 이스라엘 보고 핵이라도 써서 전쟁을 끝내는 게 좋겠다고 했다는데, 그러니 수일 안에 틀림없이 중동에 큰일이 일어날 것 같아 그때 정말 지구상에서는 없던 핵실험을 해보자는 것입니다."

정은은 그의 말을 듣고는 "어떻게 하신다는 생각인지 몰라도 그게 잘 되겠습니까?" "예, 그러니까 실험이지요. 제 생각으로는 80% 가능하다고 생각합니다. 즉 지중해 깊은 바닷속에서 이스라엘 쪽으로 수폭 실험을 하자는 것입니다. 그러니까 지금까지는 공중에서 하는 실험과 지하에서 하는 실험이 전부였는데 우리는 깊은 바다에서 위로 솟구치게 해보자는 것입니다. 폭발이 이스라엘 쪽으로 일어나게 해 큰 해일을 일으켜 이스라엘 전 국토가 물바다가 되게 하면 어떨까? 그런 생각을 했습니다."

정은은 "정말 그게 성공한다면 내 동무의 은공을 잊지 않겠습니다." "은공이라니요? 당연히 팔레스타인인과 국무위원장님을 위한 것이지요." 그렇게 되니 북한 정보국에서는 후티 반군에게 엉뚱한 요구를 했다.

즉 어느 날 후티 반군 지도자 '무하마드 압둘라'가 하나님께 빌고 또 빌었더니 우리의 지도자 마호메트 님이 나타나 앞으로는 저 무도한 유대인이 천벌을 받을 것이라고 했다며 내외에 선전하라고 전했다.

그러니 후티 반군 지도자는 그러면 뭐 좋은 수가 있겠느냐고 반문했다. 북한 정보국 책임자는 그러면 틀림없이 그분이 나타나 저 못된 이스라엘의 폭도들을 응징할 것이라고 말했다. 이것은 우리 조선민주주의인민공화국의 마호메트 신도가 현몽한 것이니 틀림없다며 후티 지도자에게 알리라고 해 전하는 것이라고 말했다.

후티 지도자는 밑져야 본전이니 다음 날 사우디 살만 왕세자에게 조만간 마호메트 님이 나타나 저 못된 이스라엘을 응징할 것이니 그리 아시라고 이야기하고 레바논 시리아 이집트에도 알렸다. 그렇게 해서 내일 0시에 해일이 일면 세 나라가 2개 사단씩 이스라엘에 상륙시켜 무조건 이스라엘을 접수하라고 말했다.

그 시각 미국은 유엔에서 휴전을 반대하다 모처럼 휴전에 찬성한다고 해 놓고 뒤로는 많은 무기를 이스라엘에 넘겼다. 그것이 세계에 알려지자 많은 양심 세력이 '미국은 선인가, 악인가' 하다가 결국 아주 간악한 악이라고 떠들어댔다. 미국은 그렇게 양가죽을 쓴 늑대였다.

그것을 다 아는 이스라엘은 레바논의 헤즈볼라까지 전쟁에 개입하니 역부족이라고 생각한다. 그때 모사드의 활약으로 그것을 조종하는 사람이 시리아 이란 대사관의 장군이라고 알려와 그를 죽인 것이다. 그러니 온 세계가 이스라엘 타도를 외쳤다.

이제 지구상에서 최고의 악은 이스라엘과 미국이 되었다. 그렇게 두 나라의 흉계로 중동의 이슬람이 위기에 처했는데, 그날 밤 지중해에서는 중국 화물선으로 위장한 북한 화물선에서 고성능 핵이 조립되고 있었다.

그 핵은 깊은 바다에서 이스라엘 쪽을 향해 폭발하게 조립되었다. 조립을 끝낸 핵 기술자 최남이와 그를 지휘하는 당 간부 최승낙이 마주 앉았다. 최승낙은 김일성 대학을 나와 모스크바대학까지 나온 유학파다. 공산당 중앙위원이다.

이번 실험은 너무나 중요한 실험이라 김정은이 특별히 당 간부인 최승낙을 팀장으로 보낸 것이다. 그는 수소폭탄이 조립되니 비장한 각오로 최남이를 쳐다보고 필담으로 질문했다.

"동무! 동무는 이번 실험이 성공한다고 생각하나?"

"최남이, 그거야 해봐야 하지 않겠습니까?"

"팀장, 그렇지? 그런데 일기예보는 알고 있는 거야?"

"최남이, 그야 물론입니다. 내일 자정쯤 이탈리아 해안에 사이클론이 상륙하니 해안주민은 미리 안전한 곳으로 피하라고 방송했습니다."

"팀장, 그렇다면 그 여파가 여기 이스라엘 연안에 어떤 영향을 미칠까?"

"최남이, 그것은 적으면 5m 높으면 10m의 파도가 몰아

칠 것입니다."

"팀장, 그렇다면 내일 파도가 최상일 때 즉 밤 0시에 실험하자!"

그렇게 갑판 위에서 필담을 끝낸 최승낙은 멀거니 하늘을 쳐다봤다. 그리고 최남이에게 다시 필담으로 내일 밤 0시부터 심판의 날이 다가오는 기분이다. 즉 우리 인류는 과학 문명으로 해서 신으로부터 버림을 받을 것이란 말이다. 그것은 인류도 최초에는 자연에 순응하며 살아 인구 조절도 자연스럽게 하였다.

그러니 먹는 것도 자연이 준 대로 먹어 아귀다툼할 일이 없었으나 언제부터인가 잘났다는 인간이 나타나면서 타락해 지금에 이르렀다. 교육과 과학이란 괴물이 자연을 망치더니 급기야 신의 영역인 핵까지 개발해 지금 이 지경에 이르렀다.

내일 우리가 핵으로 이스라엘을 망쳐 놓으면 아마도 그게 신의 심판 첫날이 될 것이다. "그런데 동무 식솔들은 어디 있는가?" "그것이 일부러 의주 근처 시골에 살게 해 놓았습니다." "왜 그렇게 시골로 가 살게 했습니까?"

"그것은 팀장님도 잘 아시겠지만, 핵전쟁이 나면 아마 미국이 중국과 3차대전을 염려해 중국 국경으로부터 40km

떨어진 곳까지만 핵을 쓸 것이란 생각에 의주 시골로 가 살게 했습니다."

최승낙은 그의 말을 듣고 누구나 자기 살 생각은 한다고 생각하고 잘했다고 칭찬했다. 자기도 진즉에 식솔들을 두만강 변에 살게 해 놓았기 때문이다. 그렇게 필담을 끝낸 최승낙과 최남이는 깊이 잠이 들었다. 다음날은 아침부터 바람이 불기 시작하더니 저녁때는 큰 파도가 넘실댔다. 그 밤 텔아비브 고급 호텔에서는 네타냐후 내각이 중요한 회의를 하고 있었다.

아무리 시민들이 전쟁을 반대해도, 며칠만 지나면 전쟁을 끝낼 테니 조금만 참아 달라고 시민들을 안정시켜야 한다며, 경찰청장에게 내일부터 5일만 어떻게 하든 데모를 막아야 하니 청장 책임하에 데모를 막으라고 지시했다. 그렇게 회의를 끝내고 이스라엘 최고위층이 뒤늦게 막 자리에 누우려는데, 별안간 쏴 하는 소리가 나 창문을 열고 밖을 보다가 "아– 이게! 이게?" 하며 비명을 질렀다. 별안간 지중해가 뒤집힌 것 같이 큰 파도가 이스라엘을 덮쳤다.

북한은 실험에 성공해 이스라엘이 없어진다면 이스라엘 핵을 어떻게 처리할까를 진즉부터 대비했다. 그래서 화물선에 방사능을 다루는 특수부대를 상주시켰다가 핵을 자기네가 갖기로 계획을 미리 세웠는데, 거대한 쓰나미로 덮친 이스라엘은 무방비 상태다. 그렇게 되니 북한 방사능 부대가 재빨리 이스라엘 핵 저장소를 덮쳐 50개의 핵 중 20개의 핵을 특수제작된 컨테이너에 실은 다음, 지중해에 정박 중이던 자기네 화물선에 싣고 유유히 지중해를 빠져나갔다. 왜 30개는 놔두었을까? 그것은 미국을 속이기 위한 위장이었다.

쓰나미가 지나간 다음 날 미국은 재빨리 이스라엘 핵 탄제거에 나섰다. 다 싣고 보니 20개다. 이게 다일까? 다른 곳에 더 있는 것은 아닐까? 그 와중에 위쪽의 레바논과 시리아 또 이집트도 이때다! 하며 양쪽에서 밀고 들어와 이집트는 재빨리 자기 쪽 국경 근처에 있든 핵 10개를 가져가고 시리아는 뺏겼던 골란고원을 되찾았다.

그리고 팔레스타인은 70년 동안 빼앗겼던 땅을 되찾았다. 결국 하나님이 중동에서 악을 물리친 것이다. 그렇게 중동에 평화가 오니 잠시 세계가 평온한데 이슬람 세계는 축제 분위기다.

모든 이슬람국가에서는 알라는 위대하다. 알라는 위대하다. 팔레스타인도 알라는 위대하다고 외쳐댔다.

그렇게 되니 미국은 어이가 없다. 왜 별안간 지중해에 해

일이 일어 이스라엘을 덮쳤단 말인가? 그런데 스웨덴 방사능 조사국에서는 이상한 것이 감지되니 조사선을 지중해로 보내 조사를 했다.

그 결과 그 해일 반은 사이클론 때문이고 반은 핵폭발에 의한 것이었다는 결론에 도달해 그 사실을 미국에 통보했다. 그러니 미국 원자력 위원회가 정밀 검사에 들어갔다. 그 결과 이것은 어느 집단이 사이클론을 이용해 핵으로 해일을 일으켰다는 결론에 도달했다.

그렇다면 이것이 어느 집단의 장난일까? 왜 그것을 후티 반군 지도자가 미리 자기네 이슬람 세계에 알렸을까? 이것은 러시아나 중국 아니 북한일 수도 있다. 그러나 북한은 그럴 능력이 없고 러시아나 중국이 한 짓일 것이다. 그런데 그것이 영국의 M16에 의해 베일이 벗겨지기 시작했다.

즉 북한주재 스웨덴 대사관에 위장 M16 첩보원을 심었는데 그 첩보원에 의하면 북한 동해상에서 방사능 측정을 한 결과 북한 함북 산골에서 핵실험을 한 것이 밝혀졌는데 그것이 소형 핵일 것이라는 것이다. 그렇다면 그 소형핵으로 그런 엄청난 해일을 일으켰단 말인가? 아니다, 이것은 중국이나 러시아 많이 할수 있는 일이다.

그러나 모든 핵 중진국이 소형 핵에만 관심이 많았다.

중국도 그동안 북한에 있는 스웨덴 대사관을 비밀리에 도청하다가 소형 핵에 대한 것이 밝혀지니 먼저 선수를 치려고 주중 미 대사를 불러 이제 세계 경제 공황이 올지도 모르니 지구상의 질서는 우리와 미국이 지켜야 하지 않겠냐며 소형 핵에 대한 정보를 공유하자고 제안했다.

미국은 놀라 무슨 정보라도 있느냐며 당신들이 무슨 조건이든 말하면 다 들어줄 테니 말만 하라고 했다. 중국은 그렇다면 우선 무역 제재부터 풀고 대만을 우리에게 넘긴다고 서약하시오. 그리고 일본과 괌을 우리 관할권으로 인정하고 금 1백 톤을 내놓으시오,

미국은 소형 핵에 대한 정보만 알려주면 우리는 당신네 중국군이 대만 상륙하는 것을 도울 수 있으나 일본과 괌까지 아니 금 1백 톤까지 달라면 그것은 우리 정부가 깊이 있게 생각해 볼 사안이니 시간을 달라고 요청했다.

중국은 "그렇다면 얼마의 시간을 달라는 것이오?" 미국은 "적어도 15일은 주어야 답을 할 수 있소." 그렇게 되니 미국은 15일 안에 소형 핵의 출처부터 밝혀야 하는 처지가 되었다. 그렇게 두 나라가 소형 핵으로 흥정을 하려고 했지만 지중해의 해일은 북한의 수소폭탄이었다.

*

여기는 워싱턴 근교 미 허드슨 연구소. 그곳에서는 아침부터 토론에 들어갔다. 연구소장은 우선 일본 담당관에게 물었다.

"당신은 그동안 일본에 대해 얼마나 연구했나?"

"예, 저는 그동안 일본에 대해 심도 있게 연구하고 조사했습니다만 뚜렷하게 내세울 만한 것을 발견하지 못했습니다."

"그렇다면 그 폭파된 유조선에 대해서는 상세히 조사했나?"

"물론입니다. 이상한 점이라고는 털끝만치도 없었습니다."

그러나 소장은 저들 일본도 내면으로는 우리를 원수로 생각하는 종족이니 항상 요시찰로 놔두어야 한다고 생각했다.

"그래, 그것은 제군 말이 맞다."

"다음은 김신 한국 담당이 연구한 것을 말하시오."

김신은 "한국은 그 사건에 대해서는 모르고, 북한 핵을 연구하는데 북이 무슨 기술로 그런 어마어마한 해일을 일으키겠습니까? 제 생각으로는 오히려 이스라엘의 모사드가 레바논을 없애려고 벌인 짓 아닐까 생각합니다." 소장은 "뭐? 이스라엘이 꾸민 음모였을 거라고? 그러나 이미 이스라엘은 사라졌으니 알아볼 수 없는 것 아닌가?" "아닙니다. 모사드는 지금도 세계 곳곳에 살아있습니다."

이스라엘의 모사드가 어떤 정보기관인가? 세계에서 둘째가라면 서러워하는 일급 정보기관이다. 그들은 그동안 자기 이웃 즉 사우디, 시리아, 이집트를 항상 정밀 감찰하고 있었다. 그런데 3개월 전 사우디의 금괴 싫은 고급 승용차가 감쪽같이 사라졌다는 정보를 입수했다.

그것은 사우디 정보부원 친구가 모사드 요원인지 모르고 발설한 것이 화근이었다. 그래서 모사드에서 자세히 알아본 결과 석 달 전에 사우디 작은 어항에서 사우디 금괴 싫은 자동차와 중국 화물선이 감쪽같이 사라졌다는 사실을 알아냈다.

그래서 모사드는 비밀리에 잠수부를 동원해 조사해 본 결과 해저에 그 중국 화물선이 가라앉아 있다는 것을 확인했다. 이제 그것을 어떻게든 인양해야 답이 나올 것이다.

나라는 없어졌어도 유대인이 세계금융을 좌지우지하니 미국의 유대인 위원회와 접촉해 그 중국 화물선을 인양하기로 하고 비밀리에 인양선을 아라비아해로 진입시켰다. 그리고 조그만 어항 책임자에게 거금을 주고 15일 안에 인양하겠다며 인양에 들어갔는데, 화물선이 바다 밑에서 반쯤 올리면 도로 바다 밑으로 가라앉았다.

이제 약속한 날짜가 이틀 남았다. 그래서 재빨리 인양팀에게 먼저보다 배의 인양비를 제시하고 인양에 들어갔는데 이번에도 바다에서 반쯤 올라오면 여지없이 도로 바다 밑으로 가라앉았다.

그래서 잠수부를 시켜 자세히 알아보니 화물선을 묶은 와이어가 끊어져 가라앉았다는 것이다. 그래서 그 끊어진 부분을 조사해 보라고 하여 조사해 보니 예리한 절단기로 잘려있었다는 것이다.

그러니까 누군가가 미리 알고 화물선 인양을 방해했다는 것이다. 모사드는 이것이 어떻게 된 것인가 하고 사우디 정보부를 도청해 봐도 이상이 없다. 그렇다면 제3의 세력이 있다는 것인데?

그렇게 생각하고 다각 도로 조사한 결과 아라비아해상에 왼 중국 화물선이 오래 정박해 있었다는 것을 알아냈다. 그래서 그때부터는 중국 화물선을 감시하는데 그 화물선에서는 아무런 움직임이 없다.

그것은 중국 정보부도 가라앉은 화물선을 언젠가는 누군가가 인양할 것이라고 생각하고 있었는데, 모사드가 개입해서 인양한다는 것을 알고는 와이어를 끊은 것이다.

그리고 가만히 지켜 보고만 있었다. 모사드는 그동안 많은 돈을 인양에 쏟아부었는데 이번에는 중국 화물선을 감시하며 다시 인양에 들어갔다. 그런데 이번에도 반쯤 올라오니 또 와이어가 끊어졌다. 그리고 얼마 지나니 그 화물선을 사우디 정보부에서 인양해 사우디 모처에서 조사한다는 것이 밝혀졌다. 모사드는 이것이 어떻게 된 것인지 아무리 세밀히 조사해도 답을 찾지 못했다.

중국은 중국대로 '너희 모사드가 아무리 신출귀몰한다 해도 중국의 정보부는 이기지 못할 것이다.' 하고 와이어 줄을 세 번 끊고 사우디 정보부에 은밀히 알린 것이다.

그러니 사우디 정보부가 모사드가 인양하려는 것을 먼저 탈취해 자기네 비밀 항구로 끓어다 놓았다. 사우디 정보부는 그들대로 모사드가 그 사실을 안다는 것이 부담스럽다.

사우디로서는 이제 걱정할 것이 하나 줄었다. 즉 핵을 가진 이스라엘이 없어졌고, 자기들도 어디서 왔나 몰라도 소형 핵폭탄 5개를 가지게 되었다. 그것도 실험까지 해 완

벽한 핵을.

중국 정보부는 미국이 자기네 말을 듣지 않고 엉거주춤하니 북한에 바람을 넣었다. 즉 머지않아 너의 나라가 소란스러워질 것 같으니, 먼저 선수를 쳐서 어느 나라가 그랬나 몰라도 이스라엘을 쓰나미로 휩쓸게 한 것 같이, 미국 워싱턴도 그렇게 해 놔야 미국이 정신을 차릴 것이라고 은근히 부추겼다. 북한 정보부는 우리는 그런 것은 전혀 모른다고 시치미 뗐다.

그러니 음흉한 중국이 사우디 항구에서 탈취한 소형 핵 3개로 뉴욕과 워싱턴을 파멸시키려고 위장 화물 컨테이너를 하나는 뉴욕으로 또 하나는 워싱턴으로 보냈다.

그동안 뉴욕시민들은 우리 미국도 어느 날 쓰나미가 덮칠지 모른다더라는 풍문이 돌았으나, 감히 우리를 어느 나라가 포격한단 말인가. 더구나 뉴욕을 아니 워싱턴을? 아니야! 그리고 뉴욕의 센트럴 파크 공원에서는 시민들이 한가하게 벤치에 앉아 책보는 사람, 한쪽은 운동하는 사람, 또 산책하는 사람들로 평화로움을 만끽하고 있었다.

워싱턴 또한 중앙 공원에서 한가로이 산책하며 거니는 사람으로 그득하다. 특히 정치인들이 점심을 먹고 공원을 거닐며 휴식을 취하고 있었다. 그때 뉴욕의 하늘과 워싱턴의 하늘에서 동시에 번쩍 섬광이 비치고 큰 폭발이 일어났다. 그렇게 되어 뉴욕시민 대부분이 죽고 워싱턴 정가의 권력자들도 대부분이 죽었다.

중국은 그렇게 해 놓고 남은 미국의 의회 지도자들과 흥정에 들어갔다. 먼저 CIA와 상의하던 대만은 말할 것도 없고 일본과 괌 그리고 하와이까지 내놓으라고 강력히 요구했다.

그러니 미국이 오히려 우리도 핵 전쟁할 각오가 돼 있으니 회담을 없던 것으로 하자고 배짱을 내밀었다. 중국은 그들의 말에 못 이기는 척, 그럼 일본까지는 우리 보호국으로 인정하겠느냐고 제안하니 거기까지는 승낙한다고 말했다.

그래서 그동안 아라비아해에서 일어난 일을 어렴풋이 알려주었다. 그리고 이스라엘의 쓰나미도 아마 북한 짓일 거라고 은근히 알렸다. 그러니까 북한에 핵이 적어도 50개에 소형 핵이 10개 또 수소폭탄도 있을 것 같으니 알아서 하라고 타이르듯 말하고, 자기네와 약속은 문서로 작성해 달라고 요청했다. 그와 동시에 북한주재 중국 대사관 직원을 슬그머니 압록강으로 여행 가는 것 같이 위장해 안동으로 피신시켰다.

북한은 항상 평양의 중국 대사관을 도청하고 또 동정

을 살폈는데, 어느 날 대사관 직원이 다 나들이 간다며 대사관을 나오니 뭔가 이상해 그들 뒤를 밟으며 도청하니, 그들이 피난 차 압록강에서 자기네 유람선을 타는 것이 아닌가? 그것도 대사관 직원과 그 가족들까지 여행을 위장한 피난을?

무언가 이상한 낌새를 차린 북한 국무위원장과 권력자들은 안동의 비밀기지로 갔다. 여차하면 압록강 변에 숨겨 놓은 핵 10개로 중국 북경과 상해 심천 등에 대도시를 공격하도록 순항 미사일까지 비밀리에 배치해 놓고 있었기 때문이다. 버튼 하나만 누르면 핵폭탄이 장착된 순항 미사일이 중국의 세 도시에 떨어지게 해 놓고 일행은 러시아로 몸을 피했다.

막 피했는데, 북한 상공에 섬광이 번쩍이니, 자기도 버튼을 눌러 중국의 세 도시와 한국 중요부, 또 일본의 도쿄까지 순항 미사일로 핵을 쏘아버렸다.

그동안 한국 정부는 아무것도 모르는 것 같았으나, 야당 사람들은 미국 정부를 믿을 수 없어 전 정부에서 일하던 비밀 요원들에게 미 대사관을 도청하라고 지령을 내렸다. 그런 어느 날 밤, 그들이 은밀히 움직인다는 보고에 야권 권력자들을 은밀히 제주도로 피난시켰다.

그것은 김신이 김욱 형에게 비밀로 보낸 카카오톡 때문에 더욱 미국이 우리 정부 모르게 북폭할 확률이 높다는 것을 알았기 때문이다. 즉 김신이 응급 시 SOS 대신 반대로 요사이는 세계가 평온하니 형도 제주도나 남해안의 섬으로 식구들과 여행이나 다녀오는 것이 좋지 않겠느냐고 한 것 때문이었다. 김욱은 그것이 위급함을 알리는 동생의 말이라는 것을 알고 자기 집 3층 옥상에 비밀리에 설치해 놓은 CCTV로 미8군 정문 쪽을 돌려보고 소스라치게 놀랐다. 미군들이 슬금슬금 빠져나갔던 것이다. 그래 우리 한반도에 무슨 이변이 일어날 징조다.

그래서 그동안 친해 놓았던 국회의원 박진온 의원에게 국회의장과 이 밤으로 온 식솔들과 하의도로 밤낚시를 가라고 해 놓고, 자기네도 그 밤으로 식솔들을 이끌고 우선 남해의 땅끝까지 가 다음날 제주도 동생 처가댁으로 갔다.

그동안 미 대사관 직원과 그의 식솔들 또 미 8군 대다수가 오산 공군기지에 모이더니 자기네 비행기로 한국을 떠났다. 한국의 여당 권력자들은 그제야 이게 어떻게 돌아가는 거야? 우리가 저들 미국을 믿은 것이 잘못된 것인가? 그 밤 북한 요소요소에 미국 핵폭탄이 떨어지니, 북한도 휴전선 근처 비밀장소에 숨겨놓은 핵을 저공 미사일로 남한으로 쐈고, 미국 핵폭탄과 북한 핵폭탄이 한반도 상공에서 마구 불을 뿜었다.

그것은 마치 작은 태양이 폭발하는 것 같았다.

미국의 사드나 한국이 개발했다는 요격 미사일도, 북한의 장사정포 1천 문이 불을 뿜으며 그 중간에 핵폭탄을 쏴대니, 속수무책이었다. 서울, 경기도, 평택, 또 경상도의 공업단지가 쑥밭이 되었다.

그리고 북한 정보부도 진즉 중국 대사관을 도청하다가 '저 엉큼한 것들이 미국과 흥정을 해?' 저의 북한을 불바다로 만들려는 것을 알아서 휴전선 땅굴 속에 숨겨놓은 많은 수의 핵을 남한에 퍼부었다. 또 압록강 변에 있던 핵도, 중국 북경과 상해 심천 또 일본 동경에 순항 미사일로 버튼 하나만 누르면 폭파되게 해 놓았는데, 중국이 미국과 흥정을 하니 식솔들과 러시아로 몸을 숨긴 순간, 중국의 세 도시와 한국 경기도 안과 경상도의 공업지대 또 일본 도쿄까지 초토화가 되었다.

그렇게 되니 중국도 일대 혼란에 빠져 미국에게 이제 핵을 그만 쓰라고 통보했다. 우리 말을 듣지 않으면 3차 대전이 발발해 지구가 멸망할 것이라고 말했다. 그래서 극적으로 핵 폭격이 멈춰졌다.

한국은 그나마 김신의 기지로 국회의장이 살아 그가 인터넷으로 한국의 상황을 검색하니, 제주도와 전라도 강원도 일부 또 수도권도 지하 5층에 있든 사람들은 살아남았고, 북한은 압록강에서 40km 또 두만강에서 40km 거리 안은 무사하다는 것을 알았다.

그래서 법률상 세 번째 권력자인 국회의장이 대통령 권한 대행이 되어 임시내각을 구성했다. 그리고 먼저 한 것이 광주의 31사단 병력을 압록강 변에 투입해 얼마 남지 않은 핵폭탄을 탈취해 제주도 은밀한 곳에 숨겼다. 이제 북한과 남한의 실질 권력은 없어졌다. 그나마 남한은 국회의장이 살아 제주시에서 내각을 구성해 외무장관에 노련미가 넘치는 박진온이 장관이 되어 중국 미국에 합법적인 정부로 인정을 받았다.

# 심판의 날이 다가오다

손남주 PD는 휴가를 가려고 짐을 싼다. 그러니 부인이 "당신은 좋겠수?" "좋다니? 별안간 그게 무슨 말이요?" "당신도 진즉에 동해안으로 휴가 갔다 왔으면서?"

"나는 애들과 같이 가서 애들 돌보느라 휴가를 간 건지 뭔지 모르게 다녀왔는데, 당신은 이상철 기자와 느긋하게 다녀오게 되니 부러워서 하는 말이에요."

"그럼 내년에는 당신이 친구와 다녀와! 그 뒤에 내가 다녀올게!" 그렇게 말씨름을 하다 뒤늦게 동해안으로 휴가를 떠났다. 거의 가 귀갓길에 올랐는데 두 사람만 회사 사정으로 뒤늦게 피서 겸 휴가를 떠난 것이다.

이상철 기자는 딸 바보다. 그러니 딸이 휴가에 아빠 따라간다는 것을 억지로 떼어놓고 손 PD와 휴가를 떠난 것이다. 그들이 횡성 휴게소를 지나 속초의 민박집에 여장을 풀고 저녁을 해서 먹고 설거지를 하는데 손남주 PD와 절친인 김웅 기자에게서 전화가 왔다. 손 PD가 "여보세요?" 하니 "여보세요고 뭐고 너희들 지금 어디 있어?"

손 PD는 "응, 이제 저녁 먹고 바닷바람 쐬려 해변으로 가려고 한다. 왜 별안간 전화질이냐?"

그러니 김웅은 "지금 그런 농담할 때가 아니야! 무조건 부산으로 해서 제주도로 가든, 아니면 강릉이나 서울로 와서 비행기로 제주도로 가! 알았냐?" 김웅의 말에 손 PD는 상철에게 "김웅이 별안간 제주도로 가라니 이게 어떻게 된 거냐? 그놈이 거짓말할 놈이 아닌데?"

상철은 "뭐가 어떻게 돼 간다는 거야?" 손 PD는 "정치권에 무슨 이변이 생겼나?" "아니지, 그럼 그렇다고 알리면 되는데 별안간 무슨 피난이야?" 그래서 다시 물어보려고 아무리 전화를 해도 받지를 않는다.

손 PD와 이상철 기자는 무슨 위급한 일이 일어났나? 하고 다른 기자에게 전화해도 받지를 않는다. 그래서 제주도든 어디든 식구들과 같이 가려고 다시 짐을 싸 차에 싣고 서울로 온다.

오다 중간에 소피를 보려고 횡성 휴게소에 내려 하늘을 쳐다보니 소나기가 오려나 잔뜩 흐려 사방이 캄캄하다. 그런데 그때 별안간 서울 쪽 상공에서 태양이 솟구치듯 번쩍하고 강렬한 빛이 하늘로 치솟았다. 그와 동시에 북쪽 하늘도 섬광으로 빛을 발했다.

손 PD와 이상철 기자는 서로를 쳐다보며 상철이 손 PD에게 "야! 이거 난리 난 것 아니야?" 손 PD는 "글쎄? 그래서 김웅이 제주도로 가라고 한 것인가?" "그래도 식구들을 내버려 두고 우리만은 못가지?" "그래서 서울로 가는 것인데? 서울로 가 식구들과 김포 비행장으로 가 제주도로 가는 것이 좋을 것 같아 횡성 휴게소를 지났는데?"

그렇게 원주 외곽까지 왔으나 뭔가가 이상하다. 원주 변두리에 들어섰는데, 전기가 나갔나 사방이 캄캄절벽인데 사람 아니 동물과 생명체가 전혀 보이질 않는다. 그걸 느낀순간 온몸이 얼어붙었다.

그들은 희미한 빛 속으로 원주 시내를 보니 시내 고층아파트가 보이질 않는다. 손 PD와 이 기자는 호기심에 차를 타고 찬찬히 원주 시내 쪽으로 들어가다가 너무 놀라입이 딱 벌어졌다.

시 외곽 되지 농장의 돼지가 다 죽어있고 닭도 다 죽어있다. 그래서 조금 더 시내 쪽으로 가니 사람도 가지각색으로 죽어있다. 그러니까 강력한 폭탄이 터졌다는 증거다. 그렇다면 핵폭탄이? 생각이 거기에 미치자 손 PD가 "야, 상철아! 빨리 뒤돌아 강릉 쪽으로 가자!"

상철도 "그래, 핵이 폭발했다면 방사능으로 피폭되기 전에 빨리 여길 벗어나야 해!" 그렇게 생각하고 도로 속초 민박집으로 가 우선 핸드폰으로 식구들과 통화를 하려 해도 통화가 안 된다. 그러니까 전국의 통신이 마비됐다는 증거다. 그러니 손 PD와 이 기자는 어찌할 바를 모르고 서울의 식구들 걱정에 안절부절 걱정으로 정신이 혼미하다.

손 PD와 이상철 기자의 식구들은 진즉에 강릉 해수욕장을 다녀와 느긋하게 저녁을 먹고 무덥고 날씨 또한 흐려 캄캄하니 에어컨을 20도로 켜 놓고 시원한 거실에서 TV를 보고 있었다. 그런데 별안간 밖이 대낮같이 환하더니 꽝음과 함께 순간적으로 저세상으로 가고 말았다.

그걸 상상하던 다혈질 이상철은 화가 치밀어 그대로 있을 수가 없으니 술을 벌컥벌컥 마시기 시작했다. 그렇게 취기가 도니 별안간 손 PD의 따귀를 후려치며 "야! 너 우리 사라 살려 네! 살려내란 말이야!!" 하고 악을 버럭 썼다. 손 PD는 별안간 따귀를 맞고 어안이 벙벙해? "야! 너 정신차려! 네 딸을 살려내라니?"

그러니까 또 이 기자의 손이 손 PD 면상을 가격했다. 그 바람에 손 PD도 방어하다가 진흙탕 싸움이 되었다. 둘이 술에 취해 그렇게 싸움질하고 나니 기운이 빠져 뒤로 벌러

덩 누워버렸다.

그리고 숨을 고르는가 했더니 다시 이상철이 손 PD에게 "너 우리 사라 살려내, 살려내란 말이야, 이 빨갱이 새끼들아! 너희 빨갱이가 아니었으면 북이 무슨 돈으로 핵을 만들어! 너희가 퍼준 달러로 저들이 핵 개발한 것 아니야! 너 솔직히 이실직고해!" 손 PD는 "이제 정신이 돌아왔냐? 그렇다면 이야기할게!"

"야, 상철아. 우리는 고교 동창으로 떼려야 뗄 수 없는 친구다. 나는 솔직히 너희 부모님 아니었으면 고등학교도 졸업하지 못했어! 그게 다 너하고 너무나 친했기 때문이었다만, 그러나 옳고 그른 것은 가려야 한다고 생각한다. 그러니까 내가 무조건 옳다는 것이 아니야! 네가 아니 너희가 옳을 수도 있어! 그러나 너희 할아버지 같은 분은 8·15 해방되고 처단됐어야 맞는 거야, 어떻게 36년 친일해서 잘 먹고 잘산 사람들이 해방되고 오히려 더 부자로 사니? 그게 맞는다고 생각하니?

그보다도 정말 나라 팔아먹은 매국노를 10명이라도 사형에 처했다면 민족혼이 살아 지금 같지는 않았을 것이다! 그런데 거꾸로 나라 팔아먹은 친일파라고 떠든 독립파를 좌익 빨갱이로 몰아 죽이고, 저들이 떳떳하다고 하는 지금의 대한민국은 혼을 잃은 나라고 국민이야! 그리고 지금 정부가 지난 정부처럼 남는 쌀 또 구호물자, 즉 남는 옷과 신발, 아니 모든 생필품을 주었으면 왜 지금 같은 일이 벌어졌겠니?"

그러니 상철이 버럭 화를 내며 "너 지금 이 상황에서도 너희 진보 빨갱이가 옳다는 거냐? 그렇다면 오늘 너 죽고 나 죽자! 나는 우리 사라 생각을 하면 이제 삶의 의미를 잃어 산다는 것이 무의미하다."

그러면서 또 한바탕 진흙탕 싸움을 하다 "야, 상철아. 나도 우리 아들 생각하면 미칠 것 같아! 그런데 왜 너까지 염장을 질러 그래 네 딸만 귀하고 우리 아들은 죽어도 된다는 거냐?"

"그래, 이 빨갱이들아!" 그러면서 한바탕 치고받다가 지쳐 널브러졌다. 그리고 한참이 지난 다음 손 PD가 일어나 스마트 폰으로 인터넷에 '한국정세'를 검색해보니 한국은 전라도와 제주도 그리고 강원도의 일부 빼고 모든 국토가 초토화됐다고 나온다.

특히 경상도는 핵 발전소가 폭발하는 바람에 그야말로 죽음의 땅이 돼버렸다는 것이다. 북한도 압록강 변과 두만강 변 40km까지는 미국이 3차 대전이 두려워 건드리지 않아 인구의 삼 분의 일이 살아남았을 것이란다. 그리고 중국은 북경, 상해, 심천 세 도시가 초토화됐고 미국도 워싱턴과 뉴욕이 박살 났다는 것이다. 또 일본도 미군기지가 있는 도쿄 근처에 핵폭탄이 떨어져 도쿄도 초토화됐다는 것이다.

*

여기는 이스라엘이 하마스 폭격하기 2달 전 미국 전미유대인협회(AIPAC) LA 사무실이다. LA 사무실의 부위원장인 다니엘은 이스라엘 정착촌 조사차 이스라엘로 떠나 아순시온 공항에 내렸다.

거기서 하루를 쉬고 버스로 서안의 정착촌까지 가 보안요원과 같이 한밤에 이슬람 가정에 도착했다.

다니엘의 팔에는 조사위원장이란 완장이 채워졌다. 그들은 도착해 느닷없이 대문을 박차고 들어가 "이 집에 자살폭탄테러 용의자가 있다는 제보를 받고 조사차 왔으니 협조해 주기 바랍니다." 통보했다.

그러니 그 이슬람 가정 식구들은 어리둥절 멀거니 보안요원을 쳐다본다. 무엇인가 처음 당하는 것 같은 태도다.

다니엘은 그러는 보안요원과 이슬람 식구들을 쳐다보고 있다. 그런데 보안요원이 이제 조사할 테니 협조하길 바란다고 말하고 식구들에게 무조건 옷을 다 벗으라고 요구했다.

그러니 거의 벗었는데 고등학생인 듯한 처녀만 벗지를 않는다. 그러니 보안요원은 "너는 왜 안 벗어?" 하더니 웃옷을 확 찢어버렸다. 그리고 치마도 확 벗겼다. 이제 팬티만 남았다. 그런데 그 팬티도 확 벗겼다. 이제 온 식구가 알몸이다. 그런 식구들을 하나하나 살핀 보안요원은 이제 옷 입으라고 했다. 그리고 밖으로 나가는데 다니엘은 맨 뒤에 섰다가 보안요원을 따라 나간다. 그런데 별안간 무언가가 호주머니에 와 닿는 것이다.

그래서 이것이 무엇인가 슬그머니 호주머니 속으로 손을 넣어보니 돌돌 마른 종이가 집혀 숙소로 돌아와 그 접힌 종이를 펴보니 그 안에 영어로 자세한 내막이 쓰여 있다. 그것을 호기심 어린 눈으로 읽기 시작했다.

"조사위원장이란 직함을 보고 그동안 만행 당한 것을 드립니다. 그동안은 저들이 말도 없이 들이닥쳐 무조건 옷을 벗기고, 여자들은 그곳까지 손가락으로 조사했으며 남자들은 항문을 그렇게 했습니다. 그래서 우리는 유대교로 개종할 테니 여기 그대로 살게만 해 달라고 애원했으나, 너희는 유대인 피가 섞이지 않아 안 된다며 팔고 요르단이나 시리아로 가라는 것이었습니다.

그래서 우리는 조상 대대로 3백 년을 산 집이라 이사 못 간다고 버티니, 먼저 말한 그런 만행을 수없이 저질렀습니다. 나는 학교에서 2차 대전 때 독일인들이 유대인을 6백만이나 학살 아니, 가스로 죽였다고 배웠습니다. 그런데 지금 유대인이 하는 행동은 그것보다 더 악랄한 것이라고 생각합니다. 우리를 구해주십시오."

거기까지 읽은 다니엘은 '이것은 잘못된 것이다. 왜 그들을 그렇게 쫓아내야 한단 말인가? 이것은 신의 심판을 받을 것이다.' 그렇게 생각하고 LA로 돌아와 위원회에 그대로 보고했다.

그러니 위원장인 네타냐후가 "그래서 다니엘 당신의 생각은 어떻다는 것입니까?" "어떻다니요? 내가 이스라엘 정부라면 안 나간다는 사람들을 그렇게 야비하게 내쫓지는 않을 것입니다. 우리 유대인은 세계에서 제일 돈이 많은 사람들입니다."

"왜 그들의 원망을 사면서 이주를 시킵니까?"

"간단해요. 레바논이나 요르단에 멀쩡한 집을 사놓고 그들을 이주시키면 그들이 그렇게 이사 안 간다고 하겠습니까? 나는 이번에 조사차 갔다가 어느 여고생에게 이 비밀 사실을 적은 종이를 받고 적이 놀랐습니다.

옛날부터 신은 공평하다고 했습니다. 그것은 우리 유대교에만 적용되는 것이 아닙니다. 만고불변의 원칙입니다. 그것을 우리가 어기고 있습니다. 나는 하늘이 무섭습니다."

그러니 네타냐후 위원장은 "그렇다면 부위원장님 같은 사람은 신의 보호를 받겠습니다." 그렇게 비꼬고는 "이것 보세요, 부위원장님. 정착촌 건설하는 것이 그렇게 쉬운 일이 아닙니다. 그래서 그들이 지금 같이 악랄하게 하는 것입니다. 뭐, 신의 심판이요? 신은 옛날에 죽었습니다."

그러니까 "저 부위원장이 주장하는 것 같이 선의로 정착촌을 건설했다면 신이 노여워하지 않았을 것이란 말씀입니까?" 다니엘은 "그게 맞지 않습니까? 이제 우리 유대 이스라엘은 이 지구상에서 버림받을 것입니다. 우리가 세계를 지배한다고 떠들어 댔으나, 보잘것없는 동양의 북한으로 해서 우리 유대인이 말살 직전에 놓인 것 같습니다."

전미 유대인협회 LA지부의 부위원장 온건파 다니엘이 말했다. "그러니까 지금부터라도 우리 유대인이 사람 죽이는 것을 독일의 히틀러처럼 하는 것이 아니라, 우리의 거대한 자본으로, 정말 기독교 성경에 있는 것처럼 '이웃 사랑하기를 네 몸같이 하라'를 지켜야 합니다.

우리가 처음 이스라엘 나라를 세울 때는 어쩔 수 없이 살생을 마구 했습니다만 그 후에는 너무 무자비하게 못된 짓을 밥 먹듯 했습니다. 왜 옛날 국토를 찾았으면 서서히 이슬람들을 선도해 우리 편을 만들지 못하고 야비하게 한 집 두 집 내 쫓아 버립니까? 그러다가는 결국 신의 심판을 받게 된 것입니다.

지금의 사태를 보십시오. 하마스가 어린이와 부녀자들을 포로로 잡아갔다고 그 보복으로 이스라엘 수상이 가자지구를 무차별 포격하고 있습니다. 그렇게 되면 아무 죄도 없는 부녀자와 어린이들이 무참히 죽어갈 것입니다.

히틀러가 유대인은 돈밖에 모르는 악종이라 우리 국토에서 쫓아내야 한다고 떠들더니 나중에는 가스실로 보내 6백만을 죽였습니다.

그때 우리 미국의 유대인이 미국을 움직여 2차대전에 참전시켜 겨우 이스라엘을 건국했는데 그것을 왜 간과하고 지금에 그것과 비슷한 짓을 우리가 한단 말입니까? 그것을 제일 싫어한 나라가 북한이었다고 합니다. 그들은 김정일이 핵 개발할 때 중국이 식량 원조를 끊어 그때 고난의 행군이 시작되어 3백만이 굶어 죽었다고 합니다.

그런데 지금의 우리가 하마스 소탕한다며 어린이와 부녀자를 마구 죽인다면 북한 김정은이 그것을 보고 가만히 있겠습니까? 아무리 독재자라도 어린이와 부녀자들이 죽는 것을 보는 것은 슬픈 일입니다. 그가 그것을 보고 분노해 그들이 개발한 핵으로 우리 이스라엘을 한순간 지구상에서 없애 버릴 수도 있습니다.

결국 우리의 짧은 생각이 우리를 멸망시킬 것입니다. 그러니까 네타냐후가 그래도 우리는 미국이라는 거대한 나라를 쥐고 있습니다. 나는 우리 이스라엘이 북한으로부터 폭격을 당한다 해도 다시 이스라엘 건국 운동을 전개할 것입니다."

다니엘은 "그러지 마세요. 이제 핵은 종이호랑이에 불과합니다. 약소국도 마음만 먹으면 얼마든지 만들 수 있는 것이 현재의 핵 기술입니다. 이제 한국이 우리 대신 세계의 강국 서열에 낄 것입니다. 그들이 우리 유대인을 능가하는 머리를 가지고 있기 때문입니다.

그리고 김정은이 소형 핵을 만들었는지 몰라도 그 제조 술도 한국으로 넘어갈 것입니다. 그러면 우리 미국도 무사하지 못할 것입니다. 즉 한국을 전 같이 속국 취급해선 거꾸로 우리 미국이 살아남지 못할 것입니다. 그러니 앞으로

는 우리가 기독교 성경에 수록된 말씀처럼 살아가는 것이
옳다고 생각합니다."

*

제주도의 김욱 가족과 국회의장 가족, 그리고 제주 도지
사와 행정요원, 또 뒤늦게 제주도로 휴가온 몇몇 권력자들
은 우선 사태 수습을 해야 하니, 임시정부를 수립했다. 수
반에 서열상 국회의장이 대통령 권한 대행이니, 그가 재빨
리 전남의 육군 31사단 병력을 북한 압록강 변과 두만강
변에 배치하고 압록강 연안의 핵 20기를 광주 31사단 내
방공호에 숨겼다.

그리고 미국과 중국 러시아에 노련한 외무장관 박진온
을 파견해 "우리는 남북통일이 된 대한민국이다. 그래서 통
일된 한국대사를 임명해 보낼 테니 그렇게 인정해 주기 바
란다"고 통보하고 "우리는 20기의 핵이 있으니 우리를 핵
보유국으로 인정해 달라고 요청했다."

그렇게 되어 미국과 중국은 핵보유국으로 인정한다고
하는데, 러시아만 "우리는 김정은 북한 국무위원장이 우리
땅에 살아있으니, 그를 북의 실질 권력자로 다시 인정해야

한다고 말했다."

그래서 한국 정부는 "그렇다면 우리와 최후의 결전을 할 수밖에 없다"고 말하니 그게 무슨 뜻이냐고 묻는다.

한국 외무장관 박진온은 "우리가 통일된 나라를 세우려는데, 러시아가 또 반쪽으로 갈라놓으려 한다면 남은 핵으로 모스크바나 블라디보스토크를 초토화시키겠다"고 으름장을 놓았다.

그러니 러시아 정부는 한 발 물러나 "그렇다면 김정은이 가진 금괴와 달러를 우리가 압수하겠다고 말하고 당신네 좋은 대로 하라"고 했다. 그렇게 외교적으로 통일을 인정받게 되었다.

결국 핵만 있으면 독립국이 되는 것이 증명되었다. 한국은 그렇게 수습이 되었는데 미국은 어떻게 됐을까? 그것은 워싱턴의 권력자들이 다 죽고 남은 것이 몇몇 주 지사들이니 그들이 모여 다시 연방정부를 구성하고 대통령 권한대행에 캘리포니아 주지사를 임명했다.

그는 먼저 경제를 살려야 한다고 생각하고 수습에 나서는데, 두 도시가 없어졌기 때문인지 모든 경제가 마비되었다. 이 사태를 어떻게 수습해야 할지 고민하다가 결국 중국과의 모든 무역을 정상화하기로 결정했다.

중국도 세 도시가 초토화되어 경제가 마비되었는데, 미국이 무역자유화를 통보하니 우선은 살아남은 공산당원들이 새로운 정부를 구성해 미국의 제안을 받아들였다.

이제 중국의 인구는 11억이고 미국의 인구는 2억 5천만이다. 그러니 중국의 경제는 돌아가기 시작하는데 미국은 1년은 지나야 경제가 정상화될 것 같다는 것이다.

그 와중에 일본도 도쿄를 포격 당해 지도자들이 다 죽어 지방정부 수장이 수상 대행이 됐다. 그런데 어느 날부터 일본 주둔 미군 기지에 중국군이 들어오기 시작하니 일본은 아연실색 미국에 문의했다. 그러니 미국은 상황이 그렇게 됐으니 중국이 시키는 대로 하라는 통보를 받았다. 하지만 일본은 "여기는 일본이다. 그래서 우리는 미국이 시키는 대로 할 수 없다. 그러니 너희 중국군이 우리 일본 땅에 상륙하면 일전을 치를 수밖에 없다."

일본이 그러니 중국은 최후통첩을 했다. 즉 일본 본토가 어느 날 황무지가 되는 것을 바라보고 있든지, 아니면 지금 바로 우리 중국군이 상륙하는 것을 허락하든지 둘 중 하나를 택하라는 통보다. 결국 일본도 핵이 없어 엉뚱하게 중국 지배하에 놓이게 되었다.

오히려 한국은 핵 20기로 명실공히 핵보유국이 되어 떳

떳한 독립국 행세를 하게 되었다. 그러니까 국제적으로 핵이 없는 나라는 나라도 아닌 세상이 된 것이다.

그렇게 되니 한국은 살아있는 핵 과학자에게 소형 핵 제조를 독촉한다. 그것은 앞으로 고성능 핵보다는 소형 핵이 더 큰 위력을 발휘할 것이라는 예상 때문이다. 즉 소형 핵이 못된 테러 집단으로 넘어갈 확률이 높기 때문이다. 미국 러시아가 아무리 많은 고성능 핵 탄을 가지고 있어도 소형 핵이 더욱 무서운 괴물로 다가온다. 이제 강대국들도 소형 핵 제조에 혈안이 되었다.

*

손 PD와 상철은 영국 BBC 방송을 인터넷으로 검색해 본 결과 한국의 서울과 경기도의 일부 사람들이 살아있다는 인터넷상의 정보에 실낱같은 희망을 안고 하루하루를 지냈다. 그러다 다시 인터넷을 검색한 결과, 지하 깊은 방공호에 있든 일부 사람들이 살아있다는 것을 알아냈다.

그것을 제주도의 한국 정부가 드론으로 알아보니 정말 많은 사람이 살아있었다. 그렇다면 살아있는 사람들은 누구일까? 그렇게 알아본 결과 10m 지하에 있던 사람들이라는 것이다. 즉 지하철 1, 2호선 빼고 나머지는 10m 이하로 다니는 전철이었으니 그들이 살아있던 것이다. 또한 아파트도 고층 아파트는 주차장이 10m 이하이니 재빨리 그리로 몸을 피한 사람들은 살아있음을 알게 되었다.

그렇게 되어 삼성 '타워 팰리스'에 살던 상철의 식구들은 재빨리 지하 주차장으로 몸을 피해 살아있다는 것이 밝혀졌다.

한국 정부는 수도권의 살아있는 주민을 헬리콥터로 우선 강원도로 이송했다. 그 가운데 상철의 식구들도 끼어있었다. 상철과 손 PD는 강원도에 있었으니 재빨리 그리로 가 식구들을 찾아보니 상철의 식구들이 살아 사라가 아빠 하고 달려들었다. 상철은 사라를 껴안고 "살아줘서 고맙다. 고마워!" 결국 부자는 일부나마 산 것이다.

손 PD는 너무나 허탈했다. 왜 자기는 부자로 살지 못해 식구들을 보지 못할까 한탄하다가 술을 퍼마시고 상철에게 "그래, 너는 너의 식구들을 만났으니 좋겠지만, 나는 뭐냐?" 그러니 상철이 "미안하다, 미안하다." 사과를 연발했다.

손 PD는 너무 허탈해 술로 하루하루를 보내면서 "뭐? 신이 있다고? 신은 없는 거야! 신이 있다면 왜 우리 같이 못사는 사람들이 다 죽어? 살아남아야 하는 것 아닌가? 어찌하여 부자가 살아남는단 말인가?"

그렇게 허탈해지니 그동안 존경하든 밥퍼 목사를 떠 올렸다. 그가 지금 어디 있을까? 청량리에 있었으면 죽었을 것이고 그래서 생각해낸 것이, 제2의 성지 가평 천사의 집을 찾아가기로 하고 길을 나섰다.

속초에서 걷고 또 걸어 3일 만에 밥 퍼 목사가 기거하는 천사의 집에 도착했는데, 사람이 그득 들어차 있다. 그래서 물었다. 어떻게 여기 있는 사람은 살아있느냐고?

그러니 밥퍼 목사는 이것이 다 하나님의 뜻이라고 말했다. 손 PD는 "하나님의 뜻이라니요?" 하고 물었다. 그러니 밥퍼 목사가 어제의 일을 이야기했다.

"올여름이 너무 더워 청량리 밥 자시러 오는 사람들을 하루만이라도 시원한 곳에서 쉬게 하려고, 어제 아침 관광버스로 이곳 천사의 집으로 모셔 하루를 보냈습니다. 그리고 아침에 통신이 두절 된 것을 알고 인터넷으로 알아보니, 서울이 불바다가 되었다는 것이었습니다.

그러니까 천사와 같이 해맑은 노인과 또 그곳의 자원봉사자들과 우리 식구들까지 이곳으로 왔는데, 지난밤에 그렇게 하나님이 심판하신 것같이 해맑은 청량리 우리 식구들이 살아남은 것입니다."

밥퍼 목사님의 말을 들은 손 PD는 "목사님, 정말 존경합니다. 목사님 같은 분은 당연히 하나님의 보살핌을 받아야 합니다. 하나님은 역시 하나님이십니다. 앞으로 세상을 밝히는 빛이 되어주십시오."

밥퍼 목사는 "그렇게 거창하게 칭찬 안 하셔도 됩니다. 앞으로도 종전같이 할 것입니다. 좀 크고 넓게 하려고 합니다. 즉 세계 선교회를 만들어 그곳도 여기 같이 밥퍼를 계속할 것입니다. 그렇게 하는 것이 하나님의 뜻 아니겠습니까? 그동안 예언자들이 곧 심판의 날이 다가오니 깨어나라고 그렇게 소리쳤지만, 아무도 들으려고 하지 않았습니다.

그러더니 결국 그 말이 현실이 되어 욕심으로 뭉친 사람들이 다 사라졌습니다. 결국 신의 심판을 받은 것이지요,

그러니까 앞으로는 맑은 영혼을 가진 아프리카 오지나 브라질의 자연인들이 살아남을 것입니다. 오늘의 재난은 시작에 불과하다고 생각합니다. 즉 심판의 날이 하루하루 다가오는 느낌입니다."

손 PD는 밥퍼 목사의 심판의 날이 다가온다는 말에 "그래서 우리가 할 일은 세계의 핵을 없애는 것입니다."

그렇게 말하니 그렇게 큰일을 우리가 할 수 있겠냐며 젊

은이들이 핵을 없앨 수만 있다면 내 이름을 팔아서라도 그렇게 하라고 말했다.

그러니 손 PD는 한국의 핵부터 해결해야 한다고 생각하고 제주도로 발길을 옮겼다. 며칠이 걸려 제주도에 도착한 손 PD는 대통령 권한 대행실로 들어가 밥퍼 목사가 한 이야기를 들려주고 그러니 우리부터 핵을 없애야 하지 않겠느냐고 말했다.

그러니 권한대행은 그것은 종교인이 갖는 환상이니 그렇게 알고, 우리가 자네를 외국 대사로 보낼 테니 외국 가서 밥퍼 목사님의 정신을 전하라고 말했다.

김신은 오랜만에 제주 시내로 나가 점심을 먹는데 먼발치에 낯익은 얼굴이 있어 자세히 쳐다보다가 깜짝 놀랐다. 그것은 성석동에 있어야 할 규석이가 거기 앉아있었기 때문이다. 불알친구인 규석을 만난 김인은 너무 반가워 그를 와락 껴안았다. 그리고 "네가, 어떻게 여기를?" 여기를 하며 놀랐다. 그래서 그와 이야기를 하다 6·25 전쟁 때를 떠올렸다.

# 서울의 핵

김덕배 지음

발행처    도서출판 **청어**
발행인    이영철
영업      이동호
홍보      천성래
기획      육재섭
편집      이설빈
디자인    이수빈 | 김영은
제작이사  공병한
인쇄      두리터

등록      1999년 5월 3일
         (제321-3210000251001999000063호)

1판 1쇄 발행  2024년 11월 11일

주소      서울특별시 서초구 남부순환로 364길 8-15 동일빌딩 2층
대표전화   02-586-0477
팩시밀리   0303-0942-0478
홈페이지   www.chungeobook.com
E-mail    ppi20@hanmail.net

ISBN      979-11-6855-294-4(03810)